I0649999

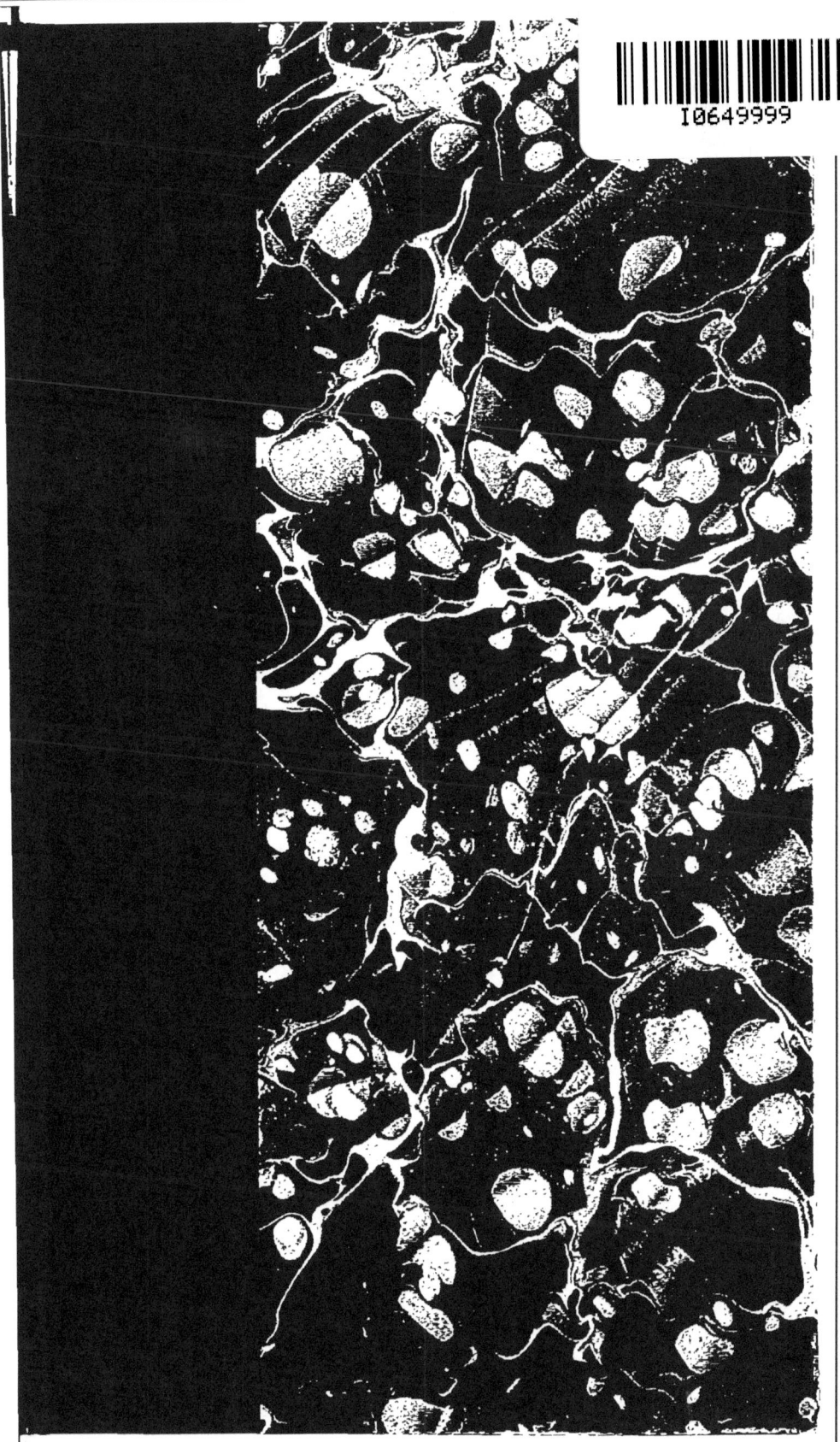

ROBERT 1982

LE BANDIT

SANS LE VOULOIR

ET

SANS LE SAVOIR.

TOME III.

Suite du Catalogue.

OEuvres complettes de Pigault-Lebrun , 44 vol. in-12.   84 l.

Le Cuisinier Impérial, ou l'art de faire la cuisine et la pâtisserie pour toutes les fortunes , avec la manière de servir une table depuis vingt jusqu'à soixante couverts , Troisième Édition , revue et corrigée par l'auteur, augmentée d'un grand nombre d'articles , concernant l'office , et suivie d'une table plus étendue et mieux ordonnée que la première ; par A. Viard, homme de bouche, in-8°.   6 l.

Dictionnaire abrégé des Mythologies de tous les peuples policés ou barbares, tant anciens que modernes , augmenté d'un nombre considérable d'articles concernant les divinités et les cérémonies du culte public des Persans, des Scandinaves, des Borrusiens ou anciens Prussiens, des Celtes, des Gaulois, des Japonnois, des Chinois, des Tartares, etc. qui ne se rencontrent dans aucun autre abrégé des Mythologies ; 2 gros vol. in-18, imprimés sur grand-raisin.   6 l.

LE BANDIT

SANS LE VOULOIR

ET

SANS LE SAVOIR,

Par J. G. A. CUVELIER,
Auteur de la *Fille Hussard*, et de
plusieurs autres romans.

TOME TROISIÈME.

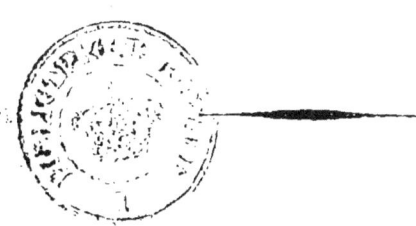

PARIS.

Barba, Libraire, Palais-Royal, derrière
le théâtre Français, n°. 51.

1809.

LE BANDIT

SANS LE VOULOIR

ET SANS LE SAVOIR.

CHAPITRE PREMIER.

La victime va tomber sous le couteau du sacrificateur.

Margara revint auprès de la prisonnière et lui parla ainsi, en doublant le voile d'hypocrisie dont elle avait l'habitude de s'envelopper.

« J'ai rempli votre mission, ma-
» dame, le maître connaît tous vos
« sentimens. ... Peut-elle être assez
» barbare, m'a-t-il dit, pour rejeter

III.   1

» les vœux d'un homme repentant
» dont l'intention est, s'il se peut, de
» réparer ses torts et de se réconcilier
» avec Dieu, en obtenant le pardon
» d'une femme innocente qu'il a ou-
» tragée. »

« En me disant ces mots, madame,
» mon maître avait les larmes aux
» yeux, et moi je pleure encore en vous
» les répétant.... »

Effectivement, elle pleurait à chau-
des larmes; Ernestine se sentait émue
malgré elle; Margara, comédienne
consommée, savait bien que le grand
art de toucher est de paraître touchée
soi-même.

Sa maîtresse gardait le silence; elle
continua : « C'est que vous ne savez
» pas, madame, combien le seigneur
» Marterio est changé, vous ne savez

» pas tout ce qui lui est arrivé après et
» depuis votre affreux malheur.... *La*
» *bonté du ciel* est une source inépui-
» sable de bienfaits ; *le pécheur le*
» *plus endurci* revient tout-à-coup à la
» vertu... Soupçonnez-vous, madame,
» pourquoi il a changé son nom?..c'est
» pour oublier d'abord le premier , il
» était abhorré , disait-il , par la seule
» femme qu'il a jamais aimé et qu'il
» aimera jamais , c'est pour sanctifier
» le dernier par son repentir.... Voilà
» ce qu'il m'a déclaré positivement. »
Elle essuya de nouveau ses joues
mouillées de pleurs.

Toute femme est un peu curieuse et
ne peut rester tout-à-fait insensible au
récit d'un amour extraordinaire qu'elle
inspire : Ernestine était femme , d'ail-
leurs , dans sa position actuelle , elle

avait le plus grand intérêt à connaître les véritables sentimens de celui entre les mains duquel le sort l'avait fait tomber, afin de trouver le moyen d'échapper à ses poursuites. Elle engagea sa gardienne à entrer dans quelques détails sur le seigneur Marterio; c'était justement ce que celle-ci demandait, Margara s'empressa donc de la satisfaire.

« D'après la sincérité de mon re-
» pentir et de mes sentimens, je se-
» rais la première à ne point vous
» parler de votre persécuteur, ma-
» dame, si je ne connaissais à fond la
» pureté de ses intentions actuelles. Il
» fut bien coupable sans doute, mais
» *à tout péché miséricorde*, nous dit
» l'évangile.... et plus loin nous lisons
» *qu'un pécheur repentant fait plus*

» *de joie dans le ciel que l'arrivée de*
» *cent justes.* Si ce ne sont pas là les
» véritables mots du saint livre, c'est
» du moins son esprit. Je commence
» ma narration (*).

» Le seigneur Brunstbar amoureux
de vous depuis votre enfance et cons·
tamment rebuté, sachant, à n'en pas
pas douter, que votre mariage avec
monsieur le comte d'Eisendorf n'avait
jamais été consommé, forma la résolution, bien affreuse sans doute, de
satisfaire sa passion à quelque prix que
ce fut, mais avec l'intention formelle·
ment prise dans le *for intérieur* de
réparer ensuite sa faute, en faisant

(*) Je n'ai pas besoin, je pense, d'avertir le lecteur que tout ce qu'elle va dire est une fable qu'elle
invente.

casser votre mariage et s'unissant lé-
gitimement à vous. J'avoue franche-
ment à madame que quelque odieux
que fut son projet, le but légitime
qu'il se propsait me séduisit, sans cela
je ne lui aurais jamais promis de le seconder. Rompre une union mal assor-
tie, idéale et illusoire, pour vous en
faire former une autre avec un homme
dont vous étiez adorée, et que vos
charmes auraient ramené dans *la voie
du salut;* tel fut mon motif pour le
servir. *Sainte Vierge !* combien j'ai eu
à gémir depuis de ma condescendance.... »

« Mon maître fut donc introduit par
moi dans la grotte où vous reposiez ;
il devint criminel.... Jugez de sa situation, lorsqu'à l'instant même de
son crime, ainsi qu'il me l'a conté

cent fois, il vous vit prêt à périr dans
des convulsions horribles, sans pouvoir rappeler votre raison égarée. »

» Le cœur déchiré par le vautour
du remords, craignant à chaque instant de vous voir expirer à ses yeux,
ne se connaissant plus, il sortit de la
grotte, tira son épée, et demandant
pardon au ciel de sa double faute, il
se frappa et tomba noyé dans son
sang. »

« Dès que vous fûtes rentrée au
château, prévoyant quelque malheur
d'après votre égarement et l'effroi
qui se peignait dans tous vos traits, je
descendis au jardin, je trouvai le malheureux déjà glacé par le froid de la
mort ; j'appelai du secours, je le fis
emporter loin de cette scène d'horreur;
et la tête frappée de tous ces événe-

mens imprévus , redoutant votre trop
juste courroux , je pris le parti de quitter pour jamais la bonne et digne maîtresse si indignement trahie par moi...»

» Je trouvai un réfuge auprès du
seigneur Brunstbar , dont les peines
et les remords me touchèrent infiniment. Il fut long-temps dans le plus
grand danger, enfin, grâces à la bonté
de son tempérament , ou plutôt à
une *faveur spéciale de Dieu* , qui ne
voulait pas sans doute le retirer de ce
monde, avant qu'il eut réparé sa faute,
il recouvrit la santé du corps, mais
jamais le repos et le calme de l'âme. »

« Le premier usage qu'il fit de ses
forces fut de s'informer de votre position. Avec quelle douleur il apprit
que vous n'étiez plus en Allemagne ?
Il résolut alors de quitter le pays et

de vivre ignoré et repentant dans quelque coin de la terre ; il vendit tout ce qu'il possédait et vint s'établir à Venise, où il quitta un nom qui lui était devenu odieux, puisque la seule personne capable de faire le bonheur de sa vie le détestait, et peut-être le maudissait ; alors il prit celui de Marterio avec l'autorisation du sénat. »

« Il avait eu pour compagne, dans ses désordres précédens, une certaine comédienne, nommée Christiana, il était fort attaché à cette femme ; il se hâta de faire le sacrifice de sa maîtresse, ne voulant plus exister que par votre souvenir(*). Ah ! madame ! vous

---

(*) Il est bon que le lecteur sache que cette Christiana avait quitté Brunstbar à Venise, après lui avoir volé une somme d'argent assez forte et des pierreries ; qu'elle s'était jetée entre les bras d'un

1 *

eussiez été touchée des larmes qu'il versait continuellement, de la retraite austère dans laquelle il vivait, de sa piété sincère et surtout de ses plaintes déchirantes quand il prononçait votre nom, ce qui lui arrivait souvent dans sa solitude !... Combien ce Marterio si tendre, si religieux était loin de ressembler à cet odieux Brunstbar que vous haïssiez tant !... Il me semblait vraiment que *son entretien passager* avec un *ange*, l'eut sanctifié et rendu à la vertu, tant est grande la puissance de la beauté sur le cœur d'un homme qui ne fut qu'*égaré* et jamais foncièrement corrompu. »

---

aventurier français qui l'aima beaucoup tant qu'elle eut de l'or et des diamans, et finit par la laisser à Paris où elle mourut dans une misère profonde. Tel est le sort de toutes les liaisons coupables.

«Enfin, ma chère et noble maîtresse, les années se passèrent de la sorte et succédèrent aux années. Le seigneur Marterio s'était lié intimement avec la *respectable* comtesse Hildegonde de Biikenfeld. Il la visitait souvent, et prenait surtout plaisir à s'entretenir avec elle de vous et de ses malheurs : jugez de sa satisfaction lorsqu'il apprit par le docteur Rifleman, chirugien de madame Hildegonde, lequel vous avait connue à Stutgard, qu'un hasard heureux vous avait conduite dans le château de la comtesse ! Dès ce moment il ne forma plus qu'un désir, qu'un vœu, ce fut de venir à vos genoux avouer son crime, obtenir son pardon, et, pour réparer sa faute, vous demander votre main si toutefois il ne pouvait espérer d'obtenir votre cœur; satisfait, disait-il, de mourir ensuite s'il avait le bonheur d'emporter dans la tombe le titre de votre époux : Car étant inscrit sur le livre d'or de la noblesse de Venise, de plus très-riche et très-considéré, sachant la mort de votre premier mari, ne pouvant réparer sa faute qu'en vous épousant, il ne doutait pas de votre consentement lorsqu'il vous offrirait le don de sa main. Hélas ! je ne vois que trop qu'il s'était flatté d'un vain espoir.... « Je vous ai » dit la vérité toute entière, madame, » c'est à vous de prononcer sur le sort » de mon maître et sur le mien. »

« Je suis satisfaite de ton repentir, » Margara, il efface en partie ta faute » à mes yeux ; mais il est temps que » tu prennes du repos : demain tu di-

» ras à ton maître que je lui pardonne
» volontiers ; mais que la résolution
» que j'ai prise est invariable. »

En disant ces mots, la fille du pasteur Gutman, fortement émue de tout
ce qu'elle venait d'entendre, se mit
au lit, où elle fut bien loin de trouver
le repos, et Margara retourna promp-
tement auprès de son maître, pour
lui faire part des espérances flatteuses
que le calme d'Ernestine lui faisait
concevoir.

Le lendemain, en se levant, la veuve
du comte d'Eisendorf trouva cet écrit
sur sa toilette.

« Vous m'accordez mon pardon
» après un crime aussi énorme ! . . . .
» femme angélique ! qu'elle généro-
» sité ! qu'elle grandeur d'âme ! et com-
» bien ce noble procédé ajoute à mon

» repentir... O mon Dieu ! donnez-
» moi la mort, je l'ai méritée, mais
» comblez cette femme céleste de vos
» bénédictions ! ... Qu'ai-je dit ? je
» veux, je dois vivre, puisque je puis
» réparer ma faute, effacer mon crime,
» bien plus encore rendre le repos à
» l'nfortunée qui l'a perdue par ma
» faute.. ... Ernestine, tu ne dois pas
» m'aimer, je le sais.... Mais ton no-
» ble cœur pourrait-il haïr long-temps
» le père de ton fils, celui qui veut
» remettre dans tes bras cet enfant
» malheureux et chéri. ... L'homme
» qui t'offre pour cet orphelin aban-
» donné de la nature entière, sans
» avoir jamais été coupable, un nom,
» une existence. ... J'en ai dit assez,
» Ernestine.... interrogez votre cœur
» et répondez à votre véritable, re-

» pentant et bien malheureux époux.

MARTERIO.»

« Qu'ai-je lu ! s'écria Ernestine, mon
» fils vivrait ! par quel prodige ! —
» Le ciel n'a pas voulu , dit Margara ,
» que cet enfant aimable fut puni
» d'une faute qu'il n'avait pas com-
» mise.—Je verrais mon fils, je le pres-
» serais contre mon sein !... reprit Ernestine avec l'abandon d'un cœur maternel. « — Le jour même que vou
» donnerez votre main aux pieds des
» autels au noble seigneur Marterio.
» —Moi l'épouse de Brunstbar, grand
» Dieu!... qu'elle horrible condition!..
» — Oui, madame, vous serez l'é-
» pouse d'un homme riche et puissant
» dont vous êtes adorée ; du père de
» cet enfant chéri, possédant déjà tou-
» tes les graces et les vertus de sa mère.

» Que trouvez-vous donc là de si fatal?
» — La veuve du comte d'Eisendorf,
» épouse de Brunstbar !... — Non, du
» seigneur Marterio, noble vénitien.—
» D'un barbare.—D'un homme égaré
» et repentant. — Jamais. — Votre
» refus serait un crime à la face du ciel.
» — Que ma main se dessèche plutôt
» que de s'unir à la sienne. — Dieu ne
» reçoit point ce serment qui l'outrage
» puisqu'il est la condamnation de vo·
» tre propre fils ? — La condamnation
» de mon fils ?— Il vous reprochera
» tôt ou tard, ce fils infortuné, de l'a-
» voir sacrifié à un faux point d'hon-
» neur ; il traînera sa vie dans la mi-
» sère , dans la honte , il mourra peut-
» être en vous maudissant.... — Quel
» horrible tableau tu me présentes....
» Eh bien.... que Marterio me laisse

» embrasser mon fils... qu'il le con-
» duise lui-même dans les bras de sa
» mère.... Je le permets... Alors la re-
» connaissance.... la pitié.... la na-
» ture.... décideront peut-être.... Jus-
» ques-là je ne puis rien promettre...»

Margara, dissimulant avec peine sa joie, ne douta plus qu'elle triompherait avant peu de tous les scrupules de sa maîtresse.

C'est ainsi que la malheureuse Ernestine, trompée par le fantôme de l'honneur et de la nature, marchait à grands pas vers l'abîme prêt à l'engloutir en croyant faire une action généreuse et juste.

CHAPITRE .II.

Nouveaux mystères. — Terreur des scélérats.

Dans la soirée de ce même jour, Ernestine reçut ce second billet.

« Au risque de tout ce qui peut en
» résulter de fâcheux pour moi-même,
» je ne puis vous le dissimuler, Er-
» nestine, vous ne verrez votre fils
» qu'après avoir reçu ma main : mais
» j'atteste le ciel et l'honneur qu'alors
» vos vœux seront remplis; si ma
» parole a besoin d'une garantie, ma-
» dame la comtesse Hildegonde de
» Bikenfeld veut bien avoir la condes-
» cendance de m'offrir la sienne.

MARTERIO. »

Plus bas étaient ces lignes :

« Je donne ma parole à madame la
» comtesse douairière d'Eisendorf,
» que je connais son fils, que c'est un
» être charmant et vertueux, qui
» brûle du désir d'être dans ses bras,
» et que je suis garant en tous points
» de la parole du seigneur Marterio.
» Je suis également l'interprête des
» sentimens de vénération, d'amour
» et de reconnaissance que le jeune
» homme, le plus intéressant, me prie
» de mettre aux pieds de sa noble
» mère.

HILDEGONDE,

Comtesse de Bikenfeld. »

Un moment après avoir fait cette
lecture, l'aimable Julia entra dans la
chambre de son institutrice. Il semblait qu'un ange tutélaire eut deviné

le véritable besoin du cœur d'Ernestine; dans la position critique où elle
se trouvait, ce pauvre cœur, tour-
à-tour agité par la nature et par la
haîne, avait besoin d'une amie vraie,
en état de fixer sa pénible incertitude;
elle trouvait cette amie dans sa Julia,
dans sa chère élève, rendue à ses vœux
comme par prodige.

La fille d'Abdoni lui apprit qu'on
avait eu pour elle les égards les plus
marqués depuis sa détention, que sa
plus grande peine avait été d'être sé-
parée de sa chère Kretle, que madame la comtesse, qui paraissait aussi
bonne que généreuse, l'avait consolée
en lui promettant que cette séparation
ne serait pas de longue durée, que
cette dame respectable n'avait pas
dédaigné de lui faire part des aventu-

res étranges de sa chère institutrice,
qu'elle était dans ce moment envoyée
par elle pour prier sa chère Krețle,
ou plutôt sa tendre amie Ernestine
d'Eisendorf, de céder aux désirs du
seigneur Marterio, en faisant à la
fois son propre bonheur et celui de
son fils. Madame la comtesse l'avait
assuré que ce fils était le jeune
homme le plus étonnant et le plus
aimable.

C'est ainsi que Diane Hildegonde
secondait son complice ; elle n'avait
rien négligé pour séduire l'innocente
Julia , s'en servir pour achever d'é-
branler la résolution d'Ernestine, et
trompant cette dernière au nom de la
nature et de l'amitié, la précipiter
dans les filets de son détestable persécuteur.

Cette ruse, adroitement conçue, réussit complètement. Ernestine s'excusa auprès de sa jolie élève de lui avoir caché sa véritable position, elle lui développa la situation critique dans laquelle elle se trouvait, ne lui cacha pas sa répugnance à former des nœuds éternels avec un homme qu'elle détestait ; mais tout à la fois lui découvrit le désir bien naturel qu'elle éprouvait de remplir son devoir, comme mère, en donnant un nom et un état à son fils ; Julia, gagnée sans le savoir par ses ennemis, l'encouragea dans cette dernière résolution et acheva de dissiper toutes ses incertitudes.

En conséquence, lorsque Margara remonta dans l'appartement, elle reçut d'Ernestine la réponse suivante au double billet qu'elle lui avait remis.

« Je remercie madame la comtesse
» de Bikenfeld de l'intérêt qu'elle veut
» bien prendre à mon sort , et d'après
» sa parole , que je regarde comme
» sacrée, je consens à donner ma main
» au seigneur Marterio , le jour et
» à l'heure qu'elle indiquera elle-
» même ; la bénédiction nuptiale se
» donnera , si elle le permet, dans la
» chapelle de son château, aux condi-
» tions suivantes :

» 1°. Mon fils me sera rendu aussitôt
» après la cérémonie.

» 2°. Le seigneur Marterio et moi ,
» nous renoncerons expressément à
» tous les biens de la succession d'Ei-
» sendorf.

» 3°. Mon époux s'engagera à ne

» pas habiter avec moi jusqu'à ce que
» sa conduite m'ait prouvé que son
» cœur est sincèrement retourné à la
» vertu.

» En foi de quoi j'ai signé le présent
» écrit.

ERNESTINE GUTMAN,

Comtesse douairière d'Eisendorf. »

La nuit commençait à déployer ses
voiles, lorsque Margara remit cette
déclaration à Marterio Brunstbar; il
était avec Hildegonde et Rifleman,
dans une chambre basse du château,
dont la fenêtre était ouverte sur le
parc.

« Femme orgueilleuse ! dit Brunstbar, après avoir lu cet écrit, » je
» saurai bien dompter ta fierté ! avec
» quelle insolence elle ose me dicter
» des conditions, lorsqu'elle est en

mon

» mon pouvoir. Madame la comtesse ,
» ordonnez, je vous prie , que tout soit
» prêt dans votre salle de comédie ,
» que nous transmettrons, s'il vous
» plaît , en *Sainte* chapelle ; votre
» valet de chambre servira d'aumô-
» nier. Demain nous jouerons ce drame
» bisarre. Dès que la belle aura pro-
» noncé le *oui* sacré , et formé la
» prétendue chaîne qui doit l'attacher
» à moi, nous verrons si toutes ses
» belles résolutions tiendront , si elle
» résistera à son *époux* , si cet *époux*
» *passionné* ne saura pas jouir de ses
» droits matrimoniaux , malgré tous
» les obstacles ; nous verrons... Et
» pour le dénouement, lorsque je serai
» las de cette dolente beauté , elle
» paiera tous les maux qu'elle m'a
» fait souffrir , et je lui ferai boire

III. 2

» jusqu'à la lie la coupe de la honte
» et du désespoir, en lui déclarant
» qu'elle n'est que ma concubine , et
» que je ne suis pas le père de son
» enfant : c'est alors que je lui pré-
» senterai ce fils *si vertueux dans*
» *tout l'éclat de sa brillante condi-*
» *tion.* »

Brunstbar prononça ces derniers
mots avec son sourire sardonique,
Rifleman riait à gorge déployée,
en ouvrant jusqu'aux oreilles son
énorme bouche; Margara et Hildegonde faisaient *chorus* avec ce dernier.

« Ah ! ça , dit Rifleman en riant
» toujours, voilà qui est bien pour toi,
» mais moi ? — Toi ? Je te livre ta
» Julia pieds et poings liés, la pre-
» mière nuit de mes noces. — A la

» bonne heure , cela s'appelle parler.

» — C'est-à-dire , reprit Hildegonde ,
» que vous voulez , messieurs , que
» ni Ernestine , ni sa compagne n'en
» réchappent. —Non , de par Dieu ,
» répondirent à la fois le docteur et
» le maître. — C'est ce que nous
» verrons, s'écria une voix formidable,
qui partait du parc. »

Le conciliabule resta un instant
stupéfait de cette menace inattendue.
Margara se signait et prenait son
chapelet, croyant avoir entendu le
diable ; la comtesse Hildegonde , pâle
d'effroi , jurait que c'était la voix du
vieux comte d'Eisendorf ; Rifleman
était resté tremblant et la bouche
béante. Brunstbar seul , plus hardi
que les autres, saisit un flambeau , se
précipite à la fenêtre, et aperçoit,

dans l'ombre , l'homme au manteau
brun. A cet aspect, il reste tremblant.
Une balle siffle à ses oreilles, elle éteint
la bougie qu'il tient à la main ; Brunstbar n'en est point déconcerté. « Le
» spectre est un maladroit, s'écrie-t-il.
» —Ses coups seront plus sûrs quand
» il le voudra , dit une seconde
voix , derrière la porte de la cham-
» bre. »

A ces mots, l'intrépide Marterio
trembla à son tour, une sueur froide
coula de son front. Aussitôt on en-
tendit un grand bruit à la porte du
parc , plusieurs domestiques, avec des
torches enflammées couraient çà et là
dans les vastes allées du jardin. Brunstbar et ses complices reprirent courage,
s'imaginant que les deux insolens ,
assez audacieux pour les menacer,

allaient être arrêtés : mais comment peindrai-je leur profond étonnement, quand ils virent apporter , sur un brancard , le cadavre de Valditz , ce Moldave , confident intime de la comtesse , horriblement mutilé. L'escorte funèbre était dirigé par le vieux Fritzer , garde - chasse du château. « Il avait , disait - il , trouvé » Valditz mort dans un des taillis de » la forêt. »

CHAPITRE III.

L'homme au manteau. — Châti-
ment.

Tous ces événemens auraient dû
faire changer d'idée au farouche
Brunstbar, ils furent sans effet ; sa
passion l'aveuglait entièrement, et ils
ne parvinrent qu'à lui faire prendre le
parti de hâter la perte de la malheureuse Ernestine.

Ce parti une fois pris , il résolut de
mettre à fin cette aventure dans la
nuit même. Rifleman , digne imitateur
de son maître, prit également l'infernale résolution d'obtenir de Julia, par
la force , ce qui ne devrait jamais appartenir qu'à l'amour : Margara et

Hildegonde, confidentes et complices de ces deux monstres, blâmèrent d'abord cette précipitation, et voulaient à l'instant même sortir du château. Nos scélérats leurs observèrent qu'ils y aurait beaucoup de danger à exécuter cette retraite pendant la nuit; que leurs domestiques étaient assez nombreux pour faire une garde vigilante dans le parc, les jardins et les environs; que sans doute les hommes, qui avaient eu l'audace de les menacer, étaient bien loin en ce moment; que s'ils avaient eu la maladresse de se cacher dans l'intérieur, ils ne pourraient échapper aux visites sévères ordonnées par le maître; qu'au contraire, s'ils n'étaient point arrêtés, ils auraient assez d'occupations pour ne pouvoir s'opposer à leurs desseins. Que quant à la mort de Valditz, c'était un accident qui n'avait rien de commun avec leurs affaires, et dont il fallait bien se consoler. Enfin, ils achevèrent de déterminer la comtesse, en promettant positivement que le lendemain, au point du jour, on se mettrait en route pour retourner à Venise.

Ce plan, unanimement arrêté, fut exécuté dans toutes ses parties; Brunstbar et Rifleman en personne, à la tête des gens de la comtesse, firent les plus strictes perquisitions sans rencontrer rien de suspect. Ils établirent des gardes et des patrouilles de différens côtés ; ensuite, ils revinrent souper avec la plus grande sécurité.

Le souper fut long, joyeux, bruyant,
et les vins de toute espèce n'y furent
pas épargnés.

Minuit sonnait à la grande horloge,
quand les deux coquins s'achemi-
nèrent chacun de leur côté, vers l'appartement des victimes dévouées à
leurs lubricité; les deux coupables
femmes, leur souhaitant un bon
succès, firent apporter du Champa-
gne, et restèrent à table pour attendre le résultat de cette double
infamie.

Le ciel veillait sur l'innocence, il ne
permit pas que cet affreux complot
reçut son exécution.

A peine les deux scélérats étaient-
ils dans le grand corridor, servant
de passage aux deux aîles du château,
qu'il se trouvèrent face à face avec

2 *

deux hommes masqués , et ces deux
singuliers adversaires leur présentèrent sur le front des pistolets à dou-
bles canons , en leur ordonnant de
rétrograder sur-le-champ sous peine
de la vie.

Quelle fut la rage de Brunstbar en
reconnaisant l'étrange manteau brun
sur les épaules de l'homme qu'il avait
en présence ?

Marterio et le docteur reculèrent
avec effroi , et se précipitèrent dans la
salle à manger , les deux étrangers y
parurent presqu'aussitôt qu'eux...« Si
»'tu bouges , dit le premier à Rifleman , « je t'étends à mes pieds. — Si
» tu fais un cri , toi ou tes femmes ,
s'écrie le second , en s'adressant à
Brunstbar , « vous êtes morts.... »

Hildegonde et Margara , tenues en

respect par les effrayans pistolets à
deux coups , étaient renversées dans
leurs fauteuils, et n'osaient faire aucun mouvement ; le docteur , tremblant de tous ses membres, s'était
blotti dans un coin de la salle à la dis-
tance la plus grande possible ; Brunstbar, plus hardi et pâlissant de colère,
restait à deux pas de son ennemi,
fixant ses prunelles ardentes sur le
bout des armes à feu.

Dans cet instant la porte s'ouvre ,
un grand et beau jeune homme s'a-
vance avec respect vers le second
masque. « Monseigneur, lui dit-il ,
» vos ordres sont exécutés, les deux
» dames sont en sûreté hors du châ-
» teau. — C'est bien, Rosberg. —
» Quoi, Ernestine ? Julia ? s'écrient
tour-à-tour Rifleman et Brunstbar !...

» — Oui, scélérats, leur répond le
second masque d'un ton imposant,
» le ciel a dérobé vos victimes aux
» coups que vous vouliez leur porter;
» connaissez enfin le bras dont il s'est
» servi pour défendre l'innocence
» opprimée. »

A peine a-t-il prononcé ces mots,
son masque tombe. « Furies infer-
» nales ! c'est Adolphe, dit Brunst-
» bar. — Le fils du comte d'Eisendorf!
s'écrie la comtesse avec rage. »

En parlant elle saisit un couteau
sur la table et veut se jeter sur Adolphe.... En même temps Brunstbar tire
de son sein un petit poignard de cristal, il s'élance aussi sur l'amant d'Ernestine ; dans ce double mouvement
Hildegonde se trouve entre Marterio
et Adolphe, elle reçoit le coup des-

tiné à ce dernier, le poignard de cristal se brise dans son sein, elle jette un cri aigu, et elle expire dans des convulsions horribles.

Le jeune comte s'est rejeté lestement en arrière, il ajuste Brunstbar, et lui fracassant la mâchoire inférieure avec deux balles, il l'étend sur le parquet.

Cette action s'est passée avec la rapidité de l'éclair, Margara est aux genoux du comte, en criant miséricorde, Rifleman ouvre la fenêtre et veut se sauver; mais il le fait si malheureusement que son pied tourne, il se casse la jambe et pousse des cris lamentables.

« Abandonnons ces misérables à la » justice divine qui les a frappés, et » quittons cette scène d'horreur pour

» retourner auprès de l'aimable Julia,
» de l'intéressante Ernestine, et leur
» annoncer qu'elles n'ont plus d'enne-
» mis à craindre. Quant à cette vieille
» mégère (en désignant Margara)
» laissons-là avec ses complices,
» qu'elle leur porte du secours, s'il
» en est temps encore, je veux bien le
» permettre, et puisse cet exemple
» terrible lui ouvrir la voie du re-
» pentir. »

Ainsi parla Adolphe ; ensuite il sortit en triomphe du château, escorté
par le vieux garde chasse, à la tête des
gens de la comtesse et comblé de leurs
bénédictions.

CHAPITRE IV.

Le calme suit la tempête.

Le jeune comte d'Eisendorf arriva bientôt au milieu de la forêt, dans la chaumière du garde chasse. — Ernestine et Julia y étaient depuis deux heures, la bonne Rebecca, la femme de Fritzer, faisait l'impossible pour dissiper leurs inquiétudes; on va juger, par le récit rapide de leur délivrance, qu'elles devaient être extrêmes.

Le billet fatal écrit par la veuve d'Eisendorf, porté par Margara, devait assurer le triomphe du traître Marterio, et perdre à jamais la trop crédule Ernestine ; à peine avait-il été envoyé, que nos deux jeunes amies

entendent frapper à la porte de la
chambre, il était déjà nuit; totale-
ment occupées de leurs malheurs, elles
avaient négligé de se procurer de la
lumière. Elles écoutent avec effroi; on
frappe de nouveau, et une voix douce
prononce ces paroles. «Jeunes infortu-
» nées, ne craignez rien, on vient vous
» sauvez, suivez sans crainte vos libéra-
» teurs, dans une heure il ne serait plus
» temps... Ernestine, vous seriez au
» pouvoir du scélérat Brunstbar, Ju-
» lia, vous deviendrez la victime du
» perfide Rifleman; votre porte va
» s'ouvrir, on vous prendra par la
» main, laissez-vous conduire, Dieu
» veille sur vous.

« N'est-ce point un nouveau piége ?
dit Julia tremblante. — » Que faire ?
reprend Ernestine à voix basse ? —

» Garder le silence le plus profond et » nous suivre....» C'est la voix qu'elles ont entendue qui prononce ces mots à l'oreille d'Ernestine ; au même instant elle se sent saisir doucement par la main...«Grand Dieu, s'écrie-t-elle !— » Silence ! confiance! répond la voix.»

Le deux jeunes filles, le cœur palpitant d'effroi et d'espérance, pouvant à peine respirer, incapables de distinguer, en cet instant critique, un ami d'un ennemi, s'abandonnent au destin et se laissent entraîner.

Bientôt elles sont hors de la tour, elles respirent l'air balsamique d'un jardin fleuri, cette odeur semble apporter le calme dans leur sens , la confiance dans leurs âmes ; elles marchent pendant près d'une demi-heure sur une molle pelouse, s'aperçoivent

qu'elles sont dans un bois, et arrivent
enfin dans la chaumière du garde
chasse, toujours conduites par leurs
silencieux conducteurs.

Dès qu'elles sont entrées dans la cabane: «Les voilà sauvées, s'écrie-t-on.»
Julia se retourne, elle aperçoit, à la
lueur d'une lampe, un aimable jeune
homme, et reconnaît la voix conso-
latrice qu'elle a entendue dans l'obscurité; en même temps Ernestine voit
entrer, par une autre porte, une pay-
sanne d'un certain âge, dont la figure
douce porte à la fois l'empreinte de la
bonté et de la pitié.

« Madame Fritzer, dit le jeune
homme en regardant Julia d'un air
ému, « veillez sur ces dames, moi, je
» retourne auprès de monseigneur. »

En disant ces mots, il disparaît avec

son compagnon, en prolongeant, sur la fille d'Abdoni, un regard plein d'expression, qui semble pénétrer jusqu'au fond du cœur de cette aimable fille.

Sans perdre de temps, la bonne Rebecca s'empresse auprès des aimables étrangères, elle les rassure et leur prodigue les soins les plus touchans.

Elles veulent l'interroger. « Je ne » puis rien vous dire, mes belles dames, répond cette brave campagnarde, » on me l'a défendu ; qu'il vous suffise » de savoir que vous êtes ici en sû- » reté, que vos méchans persécuteurs » n'ont pas beau jeu en ce moment, » que sans le secours de ceux... que » je ne puis nommer, vous seriez des- » honnorées, perdues toutes deux à » l'heure qu'il est... Bref, que vous » en saurez davantage avant peu. »

A peine la bonne femme finissait-elle de parler, on entend du bruit, la forêt est éclairée par plusieurs flambeaux, la porte s'ouvre, monseigneur paraît... « Dieu tout puissant ! s'écrie Ernestine en l'appercevant : « cest » mon frère, mon Adolphe. »

La fille du pasteur tombe sans connaissance dans les bras de son amie.

Heureusement pour Adolphe et Ernestine, les évanouissemens, causés par la joie, ne sont pas de longue durée, elle retrouve bientôt le mouvement et la parole, en se sentant pressée dans les bras de l'ami de son enfance, et mouillée des pleurs délicieux du sentiment.

« Par quel prodige, dit Ernestine, en revenant à elle, » retrouvai-je au-

» jourd'hui celui que j'avais cru perdu
» pour toujours ? et comment se fait-
» il qu'Adolphe, pauvre et orphelin,
» soit devenu un seigneur puissant ?

« Tu sauras tout, ma bien aimée ;
» mais avant il faut penser à notre sû-
» reté ; il faut te remettre des secous-
» ses violentes occasionnées par cet
» événement inattendu. — Je te re-
» trouve toi... Adolphe...mon frère...
» mon ami... Et c'est toi qui me sauve
» de la rage d'un barbare !... Tu m'ai-
» mes encore ? — Ah ! toujours. —
» Hélas ! je n'en suis plus digne.—Tu
» te trompes, Ernestine, tu méritas
» sans cesse mon amour, mon respect,
» mes adorations. — Noble ami ! tu
» pourrais me pardonner ?—Moi seul,
» j'ai besoin de pardon. — Je ne com-
» prends pas.—Le temps presse, il faut

» nous rendre au château de Monte-
» fresco, il est peu distant de cet en-
» droit, ma voiture va nous y con-
» duire, nous y trouverons, j'espère,
» le repos, la paix et le bonheur....
» Rosberg, tout est-il prêt. — Oui,
» monseigneur. » Au nom de Rosberg, Ernestine se rappela l'histoire
de l'infortunée Henriette Voltraf, et
en examinant le jeune homme, elle
ne douta pas, à sa ressemblance frap-
pante avec cette malheureuse, qu'il
ne fût son fils. Quant à Julia, ayant
aussi levé les yeux, elle reconnut le
libérateur à la douce voix, et le nom
de Rosberg resta gravé en traits de
feu dans sa mémoire. Etait-ce l'effet de la reconnaissance ou de tout
autre sentiment, c'est ce que nous
saurons plus tard : pour le moment

il faut nous contenter de suivre jusqu'au château de Montefresco nos
deux jeunes amies, portées dans une
douce et belle voiture, ayant aux
deux portières Adolphe et Rosberg
à cheval, et escortées par plus de
vingt autres cavaliers.

Le cortège arriva au château sans
accident; après un échange de complimens affectueux, nos amans con-
vinrent de remettre au lendemain le
récit de leurs aventures, et de donner
le reste de là nuit au repos. Ils en
avaient grand besoin; pourtant ils
eurent de la peine à le goûter; pour
les en dédommager, à peine furent-
ils endormis que les songes les plus
aimables bercèrent leur imagination
doucement agitée.

Le mal d'amour se gagne aisément

dit-on, et je croirais pouvoir assurer, sans indiscrétion, que Rosberg et
Julia partagèrent, à peu de chose
près, les sensations d'Adolphe et
d'Ernestine.

———

CHAPITRE

CHAPITRE V.

Aventures d'Adolphe.

Je n'essayerai pas de suivre pas à pas les deux couples amoureux, et de peindre les diverses nuances des sentimens qui les agitaient ; un semblable tableau serait trop au-dessus de mes forces : il suffira au lecteur de savoir que tous les quatre, après quelques jours de repos et de calme, se trouvant réunis dans le jardin de Montefresco, sous un berceau de chevre-feuilles et de roses, embaumé par les fleurs suaves des citronniers et des orangers, Adolphe consentit enfin à satisfaire l'impatiente curiosité d'Ernestine, et raconta ainsi ses

III. 3

aventures, qui vont nous donner la
clef de plusieurs événemens de cette
histoire.

« Mon Ernestine se souvient-elle
de cette dernière journée que nous
passâmes dans les jardins du château
d'Eisendorf? En gravant nos chiffres
sur l'écorce des arbres, en recevant
l'aveu du plus tendre amour, mon
cœur ne semblait pas satisfait, et je ne
sais quel pressentiment de malheur
me poursuivait au sein du bonheur
même. Hélas ! ce pressentiment n'était
que trop fondé. Le lendemain de ce
jour heureux, j'appris, avec la plus
vive douleur, que j'allais quitter l'Allemagne pour me rendre dans le
Nouveau Monde; mais où trouver
des couleurs assez vives pour peindre
mon désespoir, en apprenant tout

à la fois qu'Ernestine était partie pour Stutgard, et que je ne la verrais plus !... Figurez-vous, s'il est possible, un malheureux qui, dans un songe pénible, voit la terre s'écrouler sous ses pieds, et se réveille en sursaut en se croyant suspendu sur l'abîme de l'éternité. Telle fut à peu près mon horrible situation pendant mon voyage à Hambourg ; je ne voyais rien, je n'entendais rien, j'étais insensible à tout, et je ne revins à moi que pour éprouver la douleur la plus poignante à la vue du vaisseau destiné à me transporter si loin de la moitié de moi-même. »

« Ce bâtiment, nommé le *Poisson-Volant*, n'étant pas prêt encore à quitter l'Elbe pour descendre dans la Baltique, nous restâmes quelques jours à Hambourg. Ne semble-t-il pas, lorsqu'un malheur est certain, que s'y précipiter de suite, soit un bienfait, et l'attendre, un supplice ? C'est ce que j'éprouvai. »

« Pour me distraire, je parcourus les cafés, les *cassino* et autres lieux de réunion. Je m'aperçus que dans mes différentes courses, j'étais suivi par quelques hommes d'assez mauvaise mine. »

« Un soir, en rentrant à mon auberge, j'en distinguai un qui me suivait de très-près, je voulus m'assurer que je ne me trompais pas, je fis plusieurs détours, et je vis, à n'en pas douter, que mon homme ne me perdait pas de vue. Justement étonné de ce manège, et voulant savoir le mot de l'énigme, je saisis un moment favorable , et au détour d'une rue, je m'avançai fièrement vers l'inconnu. »

« Que me veux-tu, lui dis-je , avec fermeté ? — » Te sauver, me répond-il. —» Tu plaisantes, sans doute ; et » si quelque danger me menace, il » ne peut partir que de toi ou dés » tiens. — Rien n'est moins plaisant » que tout cela ; on veut t'assassiner , » et je te le répète , je suis dans l'in-» tention de te sauver. — Ah ! ah ! Et » qui es-tu ? — Un matelot du *Pois-» son-Volant ;* on me nomme Bither. » — Et tu sais ? — Tout. Tu es Adol-» phe, enfant trouvé, élève du pasteur » d'Eisendorf, rival du maître des » forges Brunstbar, et amant aimé » d'Ernestine. — Tu as dit la vérité ; » mais quel intérêt as-tu ?... — A te

» défendre, n'est-ce pas? Tu es fai-
» ble, tes ennemis sont puissans, tu
» es opprimé, et Bither n'aime pas
» les oppresseurs.—Homme singulier!
» —Singulier soit, pourvu que je fasse
» une action juste, je suis content; il
» n'y a pas de temps à perdre, c'est
» demain soir que les méchans doi-
» vent frapper, je les préviendrai;
» rends-toi à l'ouverturo des portes
» au *cassino* du faubourg du midi,
» à droite, près du corps-de-garde,
» tu m'y trouveras, et je t'en appren-
» drai davantage.—Brave homme!—
» Pas de complimens; tu me remer-
» cieras après l'action, si cela en vaut
» la peine; marche devant moi, je
» ne te perds pas de vue jusqu'à
» ton auberge, de crainte d'acci-
» dent. »

« Surpris de tout ce que je venais d'entendre, je rentrai à l'hôtel, et le lendemain, avec l'aurore, j'étais rendu au *cassino* désigné. J'y trouvai Bither avec un jeune homme, dont la figure me prévint en sa faveur, c'était Rosberg. Il faisait partie des scélérats envoyés pour m'assassiner ; mais, élevé malgré lui dans le crime, son cœur était tout à la vertu : le hasard l'avait fait brigand, son inclination le rendait honnête homme. Bither l'avait deviné. Ce Bither était l'homme le plus original, le sage le plus fou, le brave le plus extravagamment déterminé; ses aventures bisarres formeraient seules un gros volume, et je n'ai pas envie, mesdames, de vous retenir ici plusieurs jours pour vous les conter ; vous voudrez bien vous

contenter de savoir qu'il s'entendait
avec le jeune Rosberg pour dérober
ma tête aux couteaux des sicaires qui
la menaçaient. »

« Mais ces spadassins à gages, qui
les dirigeait ? qui les faisait mouvoir ?
Vous allez éprouver une nouvelle
surprise : c'était l'infâme Brunstbar
et la fameuse comtesse de Bikenfeld,
que le ciel vient de punir en la frap-
pant par le poignard de son complice :
car elle n'était pas digne de mourir
de la main d'un honnête homme. Ici
vous ferez sans doute une réflexion
toute simple : Brunstbar avait-il besoin de faire assassiner son rival,
puisque ce rival lui laissait le champ
libre par son départ ? Quel autre
intérêt avait-il à commettre un crime
aussi affreux ? Quel intérêt avait cette

comtesse de Bikenfeld à se réunir à lui pour attaquer un jeune homme qu'elle ne connaissait pas ? C'est ce que vous saurez plus tard , car je ne l'ai su moi-même qu'à mon retour à Eisendorf ; permettez donc que je vous ramène dans le *cassino* de Hambourg. »

« Tu as des ennemis puissans , me dit Bither ; » si tu échappes au danger » présent , tu n'échapperas pas aux » nouveaux pièges qu'il ne manque- » ront pas de te dresser ; je ne connais » qu'un seul moyen de les combattre , » c'est de te servir des mêmes armes » qu'eux. — Quelles sont ces armes ? » — La ruse et la dissimulation. — » Tu me conseilles de tromper... — » Ceux qui nous trompent ; c'est le » chef-d'œuvre de la morale. — Mais

3 *

» enfin ? — Connais-tu la société *des*
» *Cœurs ardens?* — Celle que préside
» Brunstbar ? — Celle dont il abuse.
» — C'est une réunion abominable. —
» Distinguons , s'il vous plaît, l'abus
» de la chose ; j'en suis le fondateur.
» — Vous ? — Sans doute. Ta religion
» est bonne , n'est-ce pas ? Mais
» l'homme divin qui la créa , a-t-il
» ordonné qu'on m'assacrât en son
» nom une foule d'innocentes victimes,
» comme cela s'est fait tant de fois à
» la honte de l'humanité. — Non. — A
» l'application, monsieur Adolphe ,
» et sans plus de détails, apprenez
» que le seul moyen de vous sauver ,
» de déjouer vos ennemis, c'est de
» prendre le manteau dont ils se cou-
» vrent ; Rosberg et moi nous sommes
» en état de vous initier dans le se-

» cret de la société. Ecoutez et pro-
» fitez..»

« Il fallut bien que j'en passasse
par là ; je fus initié dans cette association bisarre, on arma mes mains du
glaive des vengeurs ; et mes étranges
protecteurs prirent congé de moi en
me recommandant de ne pas manquer
de me promener sur la plage à la nuit
tombante. « Vos assassins seront là,
me dirent ces deux braves gens ;
» mais vos défenseurs s'y trouveront
» en même temps, et en mesure pour
» les combattre. »

« Je rentrai dans Hambourg, et
après m'être muni des deux bons pistolets, je fus dans le café de la grande
place prendre un léger repas, en at-
tendant la fin de cette journée extraordinaire. »

« Tandis que les garçons apprêtaient ma table, je jetai par hasard les yeux sur une gazette ; jugez de ma surprise en y lisant ce paragraphe sous la rubrique de Stutgard.

« *Aujourd'hui ont été mariés, dans la chapelle du château, en présence d'un grand concours de seigneurs et de dames, très-haut et très-puissant seigneur, monseigneur le comte d'Eisendorf, et très-noble dame Ernestine Gutman, fille unique du pasteur d'Eisendorf, qui a donné aux deux époux la bénédiction nuptiale. Malgré la grande disproportion d'âge, ce mariage semble faire le bonheur de la nouvelle comtesse ; le noble comte éprouve la satisfaction la plus vive, et les deux familles sont dans une joie indicible.* »

« Non, l'enfer n'a point de tour-
mens égaux à ceux que j'éprouvai
à cette fatale lecture ! Ernestine m'oublier ! me trahir ! quant à peine je l'ai
quittée ! Ernestine manquer à ses ser-
mens, et pour qui ? Pour un vieillard
indigne qui m'a trompé, en feignant
pour moi un intérêt qu'il n'avait pas,
qui s'est servi du manteau de la
bienfaisance pour se couvrir à mes
yeux, et m'éloigner, en m'envoyant
dans une autre partie du monde,
d'accord sans doute avec la perfide. »

« Je ne pus supporter cette idée. Je
renversai la table, je brisai les vases
qu'on y plaçait, je sortis comme un
fou de ce café, je courus vers l'Elbe,
je le contemplai avec joie, mon œil
cherchait sa plus grande profondeur ;

j'allais y terminer ma vie et mon supplice. Je me sens arrêter, je me retourne, je vois Bither. «Qu'allez-vous
» faire? dit-il, je sais vos malheurs,
» ils sont grands; mais mourir, c'est
» donner gain de cause à vos ennemis,
» il vaut mieux vivre pour se venger.
» Oui, repris-je, avec un son de voix
» altéré, je veux me venger, frapper
» le traître, l'odieux protecteur qui,
» sous le nom sacré de l'amitié..
» Oui, je veux l'immoler, ce vieillard
» détestable, aux yeux de la perfide
» que je n'ose plus nommer. Ensuite,
» de ce même poignard faire couler
» à ses yeux tout mon sang ; ce sang
» la poursuivra partout pour lui re-
» procher sa trahison. Ce sera pour
» elle le supplice le plus long, le plus
» horrible. » (Pardonnez-moi, ma-

dame, je parle comme je pensais alors.
Adolphe s'interrompit pour adresser
ces mots à la veuve du comte, ensuite
il continua.)

« J'approuve ce parti, dit Bither,
» avec un grand sang-froid qui m'en
» imposa. Mais les assassins vous at-
» tendent, j'ai eu soin de leur faire
» connaître que vous viendriez ce
» soir vous promener sans armes sur
» la plage. Partez de ce côté ; moi, je
» vais vous joindre de l'autre. Pru-
» dence, confiance. »

« J'exécute ce qu'il dit avec une
espèce de stupidité, et je marche
vers le rivage machinalement, dans
l'espérance que peut-être les poi-
gnards m'atteindront pour me dé-
débarrasser d'une vie qui m'est
odieuse. »

« L'homme chargé de m'assassiner
était un Moldave, nommé Valditz ,
depuis long-temps au service de la
comtesse Hildegonde , c'est lui qui
était le chef des cavaliers à grands
manteaux qui avaient voulu vous enlever , chère Ernestine , et qui nous
avaient causé une si grande frayeur
à Eisendorf , un certain soir que
nous allions au-devant de notre bon
père : cet homme était tout à la fois
l'agent de la comtesse et celui du maître des forges. Vous verrez à la fin
de mon récit comment Dieu , qui
ne laisse jamais aucun crime im-
puni , a frappé ce monstre en faisant servir sa punition à votre délivrance, ainsi qu'à celle de votre amie
Julia. »

« Bither ne m'avait pas trompé ,

au moment ou Valditz, se croyant
sûr du secours du matelot et de Rosberg, voulut se précipiter sur moi,
il fut désarmé, et j'eus beaucoup de
peine à empêcher Bither de le poignarder. « C'est la peine du talion,
disait Bither, » c'est la seule juste, il
» faut que le coquin la subisse.... Si
» vous l'épargnez, il ne vous épar-
» gnera pas un jour.... »

« Je résistai à cette remontrance,
quoiqu'elle fut très-sage ; je venais
de concevoir à l'instant même un
projet, qui me faciliterait les moyens
de m'approcher de l'infidèle Ernestine, de l'accabler du poids du mépris et de la haîne, de rester inconnu
et hors de portée de mes ennemis,
enfin de punir l'odieux Brunstbar,

non pas en l'assassinant, mais en le combattant à armes égales, quand l'occasion s'en présentenait sans me compremettre. »

« J'exigeai donc qu'on laissât la vie à Valditz, et comme l'action se passait derrière un angle, formé par un monticule de sable, qui nous cachait le vaisseau sur lequel je devais m'embarquer, je fis dépouiller Valditz de ses vêtemens, je les échangeai contre les miens ; après cette opération nous vîmes en vue du vaisseau, nous eûmes l'air d'attaquer ce coquin revêtu de mes habillemens, sa résistance nous servit à merveille, dans le débat il reçut deux légères blessures, nous le forçâmes de monter avec nous sur une barque, et remontant l'Elbe, nous le déposâmes dans une petite île formée par le fleuve. »

« J'étais certain que les gens du vaisseau avaient été témoins de cette action, puisqu'ils avaient mis dehors une chaloupe pour nous poursuivre, et ne devant plus retourner à bord, je supposais que le capitaine ferait part au pasteur d'Eisendorf ou au comte de ma disparition à la suite du prétendu enlèvement: la suite m'a prouvé que mon calcul avait été juste. »

« Nous nous séparâmes bientôt de Bither; il allait, disait-il, exécuter les plus nobles projets, pour le bonheur du genre humain, et nous abandonnâmes ce fou bienfaisant que nous ne revîmes plus. »

« Rosberg et moi, nous nous déguisâmes de manière à ne pouvoir

être reconnus; nous vînmes à Eisen-
dorff, nous nous présentâmes à Brunstbar comme des apprentifs forgerons
propres à tout, et nous servant adroitement des signes de reconnaissance
de l'association *des Cœurs ardens*, il
ne tarda pas à nous accorder sa confiance et à nons mettre au nombre
de ses affidés. »

« C'est là que j'attendais avec impatience le moment favorable pour
satisfaire du même coup l'amour ou-
tragé et la vengeance. »

« Ces sentimens ne tardèrent pas à
faire place à celui de la pitié, dès que
j'appris qu'un complot affreux se tra-
mait contre cette Ernestine si coupable, mais toujours chérie. Je n'étais
pas entièrement dans la confidence
du maître, et je ne connaissais qu'une

partie de ses horribles desseins ; pour épier ses démarches , la figure cachée avec un grand chapeau rabattu sur les yeux, je me couvrais d'un long et large manteau brun. »

« Je voyais chaque soir Brunstbar passer, à l'aide d'une échelle de corde, par-dessus le mur du parc d'Eisendorf, pour se concerter avec la nouvelle femme de chambre que vous aviez prise à votre service, et que j'ai su depuis être cette Margara, l'infâme complice de toutes les atrocités du maître des forges. Un soir je les entendis parler de poison (*) , je ne pus retenir une exclamation. . . . elle faillit me trahir. »

« Je voulus prévenir le comte, ou

(*) L'aquatophana.

vous-même, Ernestine, et vous sauver tous les deux malgré l'affreuse jalousie qui dévorait mon cœur ; mais
j'avais bien des précautions à prendre de toutes parts pour ne pas me
trahir. »

« Le lendemain je vous écrivis, en
déguisant mon écriture, une lettre
anonyme que j'envoyai par un paysan
du petit hameau. »

« Je n'ai jamais reçue cette lettre
dit Ernestine. »

« Voilà qui est étonnant, reprit
Adolphe, car le paysan que je connaissais pour un parfait honnête
homme, m'assura l'avoir remise à la
grille du château, à madame la comtesse elle-même.... Il faut que ce soit
quelque nouveau tour de Margara...»

« Je le présume , répliqua Ernestine , » Adolphe reprit la parole.

« C'était le soir même que devait
s'exécuter le complot tramé contre
vous ou contre le comte d'Eisendorf,
j'en ignorais le but , mais j'en redou-
tais les suites, connaissant l'affreux caractère du maître des forges; je me tins
sur mes gardes , et je fis si bien que
j'étais dans le parc un moment avant
votre arrivée dans la grotte, où vous
laissa seule et sans défense l'infâme
Margara. »

Ernestine pâlit et rougit tour-à-tour
en écoutant ce récit.

Dans ce moment la cloche du château sonna pour appeler tous ses habitans au dîner ; la suite de l'histoire
intéressante d'Adolphe fut remise à
un autre moment, et l'on convint à

l'unanimité que le jeune seigneur serait prié de continuer le soir son récit : en conséquence le petit comité
s'ajourna à la nuit dans le même bosquet.

—————

CHAPITRE

~~~~~~~~~~~~~~~~~~~~~~~~~~~~~~

CHAPITRE VI.

Adolphe continue de raconter ses aventures ; il est interrompu par un avis extraordinaire.

L'ÉTOILE de Vénus brillait à l'est aux bords de l'horizon pâlissant , et le soleil en feu se perdait , au couchant , dans des nuages de pourpre et d'or , lorsqu'Adolphe reprit la suite de ses aventures. Ce récit semblait être l'arrêt de la fille du pasteur d'Eisendorf, son cœur palpitait avec force , et sa main tremblait dans la main de l'aimable ami de son enfance.

« Je crois vous avoir dit , ma chère Ernestine, que j'avais trouvé le moyen de pénétrer dans le jardin d'Eisendorf

III.   4

avant que vous fussiez abandonnée
dans la grotte par votre perfide femme
de chambre ; je m'en approchai doucement, et regardant par une crevas-
se, je m'aperçus, avec la plus grande
surprise, que vous étiez plongée dans
le sommeil le plus profond.... Votre
tête était un peu penchée en-dehors
du banc de mousse, votre sein palpitait avec agitation, votre figure
charmante était embellie par le plus
vif incarnat, il me sembla voir s'ouvrir votre jolie bouche pour répéter
mon nom. ... Dans cet heureux désordre que mon Ernestine était belle !
que mon cœur était loin de conserver
la haîne qu'il avait juré ! »

En cet endroit, une larme roula
sous la paupière d'Ernestine, elle
s'appuya sur la fille d'Abdoni en quit-

tant la main d'Adolphe, Julia fit respirer à son amie un flacon de spiri-
tueux. La force de cet antispasmodi-
que, ou toute autre cause, rappela
l'éclat brillant de la rose sur ses joues
décolorées.... Le comte cacha un sourire de satisfaction et s'empressa de
continuer ainsi :

« L'amour m'entraînait aux pieds
de mon amie, le désespoir m'enchaî-
nait à ma place.... Pouvait-elle être
coupable avec cet air de candeur ?
Pouvait-elle être innocente, puisqu'elle était l'épouse d'un autre ?...
Mon âme, balancée entre ses divers
sentimens, flottait dans une mer d'incertitudes.... Enfin... »

« Je revins à moi-même en apercevant, à l'entrée de la grotte, le farouche Brunstbar.... Je tirai mon épée

en lui criant de se défendre, il se mit en garde. Le combat ne fut pas long, le ciel protégeait la cause de la justice ; le monstre tomba à mes pieds, baigné dans son sang, et je lui laissai dans le corps mon glaive marqué des lettres symboliques de la société dont il était l'indigne chef. »

« Quoi ! Brunstbar n'est pas entré » dans la grotte ? s'écria Ernestine avec une espèce de délire, « et ce » n'était pas ?... Grand Dieu !... dans » quel cahos épouvantable mon es- » prit est plongé !.... Quel tissu d'a- » bominations enveloppe mon exis- » tence. » En disant ces mots, elle cacha sa figure dans le sein de sa chère Julia.

« J'avais puni votre ennemi, reprit Adolphe, en affectant un ton froid ;

» je ne devine pas, madame, ce que
» le récit de cette circonstance peut
» avoir de si allarmant pour vous. »

« Continuez, monsieur, continuez;
» et lorsqu'à mon tour je déroulerai à
» vos yeux l'horrible tableau de mes
» aventures.... vous verrez que jamais
» femme ne fut plus infortunée. »

« Calme toi, mon Ernestine, reprit
le comte, en lui baisant la main avec
l'expression du sentiment; » c'est sou-
» vent au milieu de la tempête que le
» navigateur aperçoit le port. — Pour
» venir y échouer. — Pour y trouver
» la paix et le repos. — Il n'en est plus
» pour moi. » Adolphe pressa sur son
cœur la main d'Ernestine qu'il n'avait
pas quittée, elle la retira doucement
et lui fit signe de continuer ; il obéit.

« Quoique cette action eut été rapide et silencieuse, je courrais les
plus grands dangers.... le parc était
environné de tous les côtés, par les
suppôts de l'homme atroce que j'a-
vais puni, il n'était pas prudent de
me réunir à mes prétendus camara-
des, attendu que le maître avait donné
à Rosberg et à moi une mission que
nous nous étions bien gardés de remplir et qui devait nous tenir plusieurs
jours absens ; d'un autre côté, ayant
satisfait à la vengeance, il était inutile,
pour ne pas dire dangereux , de me
livrer en quelque sorte entre les mains
de mes ennemis ; déjà j'avais envoyé
Rosberg en avant avec ordre de me
tenir une barque préparée , afin de
mettre , au besoin , le Danube comme
une barrière entre mes ennemis et moi,

cette précaution me sauva , comme vous allez le voir. »

« Je résolus donc de garder mon déguisement, et de traverser les postes des coquins à la faveur de l'obscurité; mon manteau brun , déjà signalé par le maître , me trahit; je fus poursuivi avec acharnement par deux cavaliers , et il me fallut faire des prodiges pour échapper. Le ciel veillait sans doute sur moi ; que peuvent les efforts humains , contre le mortel privilégié qu'il daigne couvrir de son égide ? Je devais être massacré ou pris, Dieu m'accorda un courage égal à mes périls; et après un jour entier de courses et de combats, lorsque j'allais succomber , j'arrivai au bord du Danube , j'y trouvai à propos la barque dirigée par le fidèle

Rosberg, et je dus la vie et la liberté à l'exactitude de ce digne compagnon. »

« J'étais dénué de tout ; mais Rosberg avait beaucoup d'or, il le partagea avec moi. Nous résolûmes, d'un commun accord, de quitter l'Allemagne, comme un théâtre trop dangereux. Ignorant ma naissance, trahi par ma maîtresse, abandonné par mes protecteurs, je ne tenais plus à rien dans le monde ; abhorrant les hommes, maudissant mon existence, sans la pitié consolante de ce bon Rosberg, j'aurais été finir ma vie au milieu des tigres au fond des forêts : sa main versa du beaume sur mes blessures, son dévouement me rappela petit-à-petit à des sentimens plus calmes, son amitié désintéressée me prouva

qu'il était encore des hommes vertueux, et me ramena à l'amour de mes
semblables. »

« Il m'offrit de passer avec moi en
Angleterre, d'y chercher un vaisseau
qui nous conduirait dans une autre
partie du monde, et de me séparer à
jamais de mes persécuteurs inconnus,
en laissant entre nous la vaste étendue
des mers. »

« Ce projet adoucit mon cœur ulcéré,
j'adoptai cette proposition. Avant de
partir, entraîné par un sentiment plus
fort que la prudence, je résolus de
voir une dernière fois cette femme
ingrate, dont l'abandon me forçait à
un cruel exil. J'appris, par les papiers
publics, que le comte d'Eisendorf était
allé passer l'hiver à Stutgard; je

5 *

m'empressai de m'y rendre avec mon
ami. »

« Ernestine était à Stutgard avec son
époux ; mais elle ne sortait pas , et je
ne pus trouver l'occasion d'exécuter
mon dessein que le jour du bal masqué
de la cour.»

« O ciel ! dit la comtesse, marchant
toujours de surprise en surprise, « ce
» fut Adolphe qui me parla au bal ,
» qui me reprocha avec tant d'amer-
» tume... — Oui , j'étais le Talapoin.
» — Et l'homme au domino noir ? —
» C'était ce coquin de Valditz , qui
» avait juré ma perte , qui m'avait
» reconnu dans la capitale du Wur-
» temberg , qui épiait l'instant de me
» poignarder. — Et le janissaire? — Un
« scélérat obscur, vendu à Valditz. »
« Ce fut le seul qui périt Valditz et

moi , nous nous échappâmes chacun de notre côté, à la faveur du tumulte. Rosberg m'attendait avec une chaise de poste , à la porte du bal. Nous avions une raison de plus de précipiter notre course , et de quitter la Germanie ; nous arrivâmes bientôt à Brême , de là en Angleterre. »

« A mon arrivée dans cette île , j'écrivis à votre respectable père , et, aveuglé par la passion , je lui fis , ainsi qu'au noble comte , des adieux éternels , en traitant mes vrais amis , mes chers protecteurs , avec une dûreté que je me reproche tous les jours encore. »

« Hélas ! reprit Ernestine , en essuyant ses larmes , « cette lettre fatale » a été la cause de mes derniers mal- » heurs. »

A peine achevait-elle de parlér, qu'un domestique, accourant hors d'haleine, entra dans le bosquet, et vint annoncer l'arrivée d'un estafette, envoyé par le conseil des inquisiteurs de Venise; Adolphe se rendit sur-le-champ au château pour le recevoir. Toute la société, inquiète de ce message, le suivit; l'estafette remit ses dépêches, monseigneur les décacheta, et lut à haute-voix la circulaire suivante.

« Le conseil suprême des inquisi-
» teurs, au nom du sénat et du Doge,
» donne avis à tous les seigneurs, aux
» commandans des troupes et aux
» magistrats, que le redoutable bri-
» gand, surnommé Tonnerre de Dieu,
» a paru, avec une troupe nombreuse,
» sur les confins des Etats vénitiens;

» que sa tête est de nouveau mise à prix,
» et que six mille sequins seront la ré-
» compense de celui qui l'aménera ,
» mort ou vif ; en conséquence , il est
» ordonné aux dénommés ci-dessus, de
» donner ordre à leurs subordonnés de
» courir sus. »

Cette nouvelle parut allarmante à
tout le monde. Au nom de son jeune
libérateur , Ernestine sentit son cœur
palpiter avec violence ; deux craintes
égales tourmentaient à la fois son
âme inquiète : les dangers personnels
qu'elle courait ainsi que son Adolphe,
et les périls, plus imminens peut-être
encore , qui allaient environner cet
étrange bandit, car elle ne pouvait
oublier qu'il lui avait sauvé la vie
avec l'honneur , et son image était
resté gravée profondément dans sa
mémoire.

Adolphe , plus calme , donna les
ordres convenables en cas d'agression,
et confia au brave Rosberg , le commandement de l'extérieur du château,
en se réservant de veiller à l'intérieur.
Après ces dispositions, comme la nuit
était très - avancée , chacun se retira,
moins pour se livrer au repos, que pour
méditer, en silence, sur les événemens
qu'on venait de raconter, et sur
ceux qui semblaient se préparer , en
formant , dans le lointain , un nouvel
orage.

~~~~~~~~~~~~~~~~~~~~~~~~~~~~~~~~~~~~

CHAPITRE VII.

Fin des aventures d'Adolphe.—Me-
naces d'un scélérat.

La nuit fut paisible, et l'aurore trouva
les habitans du château de Montefresco disposés à demander à Adolphe
la suite de ses aventures ; le jeune
seigneur répondit au message , qui lui
était adressé à cet effet, qu'il était prêt
de satisfaire, à l'instant même , la curiosité de ses aimables hôtes.

En conséquence, il les rassembla
sans différer dans un élégant belvédère , qui dominait la campagne , les
superbes jardins de Montefresco , et
offrait à l'œil enchanté la vue la plus
pittoresque. Les murs, dans l'intérieur

de ce belvédère, étaient en marbre blanc, des fontaines jaillissaient dans les angles, et retombant dans des conques dorées, soutenues par des naïades, procuraient une fraîcheur délicieuse, malgré les ardeurs d'un ciel brûlant.

La fille du pasteur s'assit avec modestie auprès du fils d'adoption, sur un sopha en bamboux légers; une table, couverte de pâtisserie et de glaces, était devant eux; l'aimable Julia et le brave Rosberg se placèrent en face, sur des sièges semblables au sopha. Après un léger déjeûner, et l'échange de quelques phrases aimables, Adolphe reprit la parole en ces termes :

« A notre arrivée à Londres, le gouvernement Anglais préparait une

grande expédition pour les Indes
Orientales ; on organisait une légion
Allemande qui devait en faire partie.
Je me présentai dans les bureaux de la
compagnie des Indes , avec l'intention
de servir dans ce nouveau corps ; dans
ce pays ; où tout est vénal , il me fut
facile , avec de l'or, d'acheter une
lieutenance ; Rosberg voulut absolu-
ment s'enrôler dans ma compagnie, et
obtint, par le même moyen, une halle-
barde de sergent. »

« Nous ne tardâmes point à mettre
à la voile. Je ne vous détaillerai pas
tous les périls d'une longue navigation,
et les dangers plus grands qui nous
attendaient à terre , dans une guerre
opiniâtre, entreprise par un peuple de
marchands , pour augmenter son
commerce, et arrondir ses possessions

Asiatiques au prix du sang des malheureux Indiens, partout trahis et
égorgés sans pitié. »

« Quand s'écroulera donc ce colosse
d'or aux pieds d'argile, à la main de
fer, dont la puissance gigantesque enchaîne les mers de l'Ancien Monde,
en écrasant les peuples du Nouveau?
Où est l'Hercule (*) qui arrachera une
des cornes de ce nouvel Acheloüs,
sans lui rendre celle d'Amalcthée (**)?
Ah ! si les rois de la terre avaient vus,
comme nous, toutes les horreurs com-
mises par ces vendeurs de sang humain,
les foudres qui dorment dans leurs
arsenaux, s'enflammeraient à la fois

(*) L'Hercule a paru, il lève sa massue redoutable,
bientôt l'hydre aux cent têtes aura cessé d'exister.
(**) La corne d'abondance ; voyez les Travaux
d'Hercule.

pour réduire en poudre ces vils oppresseurs de l'un et de l'autre conti-
nent. »

« D'après cette manière de penser,
vous concevez que nous ne restâmes
pas long-temps à la solde de cette
compagnie de *nababs* (*). Bientôt
l'occasion se présenta de quitter cet
odieux service, et nous nous empres-
sâmes de la saisir. »

« Nous repassâmes en Europe, nous
parcourûmes tour-à-tour la France,
l'Italie, la Perse, la Russie; et en
échangeant, à un bénéfice modéré,
les productions de ces divers climats,

___

(*) On appelle ainsi les riches chefs des tribus de
l'Indoustan, et par dérision ceux qui reviennent en
Angleterre riches de leurs dépouilles qu'ils ont
extorquées, et affectant de s'environner du luxe
asiatique comme ces souverains des Indes.

nous parvînmes en peu d'années à nous former une fortune indépendante, acquise avec honneur, et sans faire couler les larmes des infortunés. »

« Plus le temps s'écoulait, plus je brûlais du désir de revoir ma patrie, je voulais savoir si plus de quinze années avaient éteint la haîne de mes persécuteurs; l'avouerai je? je désirais retrouver cette aimable infidelle, dont l'image était restée au fond de mon cœur, embrasser le pasteur respectable qui avait pris soin de mon enfance, répandre sur lui une partie de ces dons que l'aveugle fortune m'avait si libéralement prodigués; enfin, lui demander quelques éclaircissemens sur ma mystérieuse naissance, afin d'écarter, s'il était possible, une partie des nuages qui enveloppaient mon berceau. »

« Guidé par ces puissans motifs, je revins à Eisendorf, je revis avec un délice inexprimable, et tout à la fois avec un souvenir déchirant, ces lieux témoins des premiers jeux de mon enfance, et des malheurs qui avaient flétri ma jeunesse. Quelle joie j'éprouvai, ô mon Ernestine ! en embrassant votre vieux et digne père ! Quelle douleur affreuse en apprenant que le comte d'Eisendorf n'était plus, et qu'avant sa mort, son épouse, mon Ernestine, la raison égarée par ses infortunes, avait disparue, sans que depuis on eut entendu parler d'elle, malgré les recherches les plus suivies !... »

« Le pasteur Gutman, mon père

d'adoption, le protecteur de mon enfance, que je retrouvais toujours bon,
toujours généreux, ne voulut pas m'en
dire davantage le premier jour; il
me conduisit à ce lit, témoin des premiers soupirs que je vous adressais,
Ernestine, je le baignai de mes larmes,
aux souvenirs du bonheur qu'il me
rappelait, et de l'affreux événement
qui avait trahi mes espérances les
plus chères. Accablé de fatigue,
je m'endormis vers le point du jour. »

« Quelle fut ma surprise, en me ré-
veillant, d'entendre des chants d'allégresse ! je courus à la petite fenêtre qui
donne sur la place du village : tous les
habitans en habits de fête, et couron-
nés de fleurs champêtres, y étaient
rassemblés ; dès qu'ils m'apperçurent,
les airs retentirent de ces cris, mille

fois répétés avec enthousiasme : *Vive monseigneur le comte Adolphe ! vive notre bon maître !* Je croyais rêver. Le pasteur, suivi des magistrats du canton, entra dans ma chambre, se jeta à mes genoux, et me proclama fils unique et héritier du comte d'Eisendorf; alors les cris de joie recommencèrent; le bon Rosberg, dans le délire de l'amitié, me pressait contre son cœur ; je relevai le pasteur Gutman.

« Ah ! quel beau jour, dit-il, en me serrant la main , « si mon Ernestine » pouvait être témoin de la gloire de » son frère. Hélas! (le bon vieillard essuyait ses larmes) mon fils, » per - » mettez-moi ce nom pour la dernière » fois. — Ah ! toujours, toujours il » plaira à mon cœur, lui répondis-je.

» — Eh bien, mon fils, prions pour
» elle. »

« En me disant ces mots, il m'entraîna dans l'église, il me conduisit
sur une tombe sans ornemens, j'y
lus, en gémissant, le nom d'Ernestine. »

« Elle n'est point là, dit ce bon père,
» mais son âme est là-haut; elle nous
» voit, nous entend, et chaque jour,
» lorsque le soleil couchant, emblême
» de la mort, se cache derrière nos
» montagnes, je mouille de mes larmes
» le nom d'Ernestine, gravé sur cette
» froide pierre, aussi religieusement
» que si elle couvrait la cendre de ma
» fille. »

« Je mêlai mes larmes aux larmes du
bon pasteur, et il me fallut un certain
temps pour me remettre des sensations

tions variées que je venais d'éprouver... »

« Dès que je fus plus calme, le
digne Gutman me remit cet écrit. »
Adolphe prit un cahier qu'il tenait
caché dans son sein. « Ce cahier, me
dit le pasteur, «renferme l'histoire des
» malheurs de votre père, de ceux de
» ma fille, et par suite, des vôtres. J'ai
» mis en ordre toutes les notes que j'ai
» recueillies à cet égard. Lisez-les,
» mon fils, elles contiennent des faits
» qu'il vous importe de connaître. »
« Gutman me remit le cachier, me
conduisit au jardin du presbitère, sur
les bords de la petite rivière dont
l'onde bienfaisante avait soutenu mon
berceau, et me laissa avec mes souvenirs et mes regrets. »

« Parcourez ce cahier, mes bons

» amis, il est bien essentiel que vous
» en preniez connaissance, avant que
» je continue mon histoire ; dans un
» instant je reviens près de vous pour
» achever de vous raconter les événe-
» mens qui m'ont enfin conduit au bon-
» heur, puisqu'ils m'ont fait retrouver
» mon amie. »

En disant ces mots, Adolphe remit
l'écrit à Ernestine, elle le reçut en sou-
pirant, ses yeux étaient baignés de
larmes ; son ami, se jeta à ses pieds,
la fille du pasteur le repoussa doucement, et ses larmes coulèrent avec
plus d'abondance. « Nous serons tous
» heureux, s'écria Adolphe. » Ernestine soupira de nouveau, il sortit.

Le cachier contenait tout ce que
le lecteur sait déjà, et qu'il serait par

conséquent inutile de lui répéter; il
finissait à l'instant de la perte d'Ernestine et de la mort du vieux comte
d'Eisendorf; mais il ne disait rien de
la naissance de l'enfant de la forêt,
attendu que le pasteur n'avait jamais
eu aucune connaissance de cet événement, Ernestine ayant eu l'art, comme
nous l'avons dit , de dérober sa gros-
sesse aux yeux du vieux comte son
époux , et à ceux de la baronne de
Burbach sa tante.

Dès que cette lecture fut terminée,
Rosberg descendit au salon pour en
prévenir son ami , et bientôt ils
rentrèrent tous deux dans le belvédère.

« Vous avez vu , dit le comte Adolphe , par quel enchaînement de cir-
constances extraordinaires je me

trouvais être le fils du noble et généreux d'Eisendorf ? Vous savez combien j'étais dans l'erreur, en soupçon-
nantque cet homme respectable eut
voulu me ravir le cœur d'Ernestine,
tandis qu'il n'avait agi que pour me
le conserver, en employant un strata-
gême nécessité par la méchanceté de
sa persécutrice, et dicté par l'amour
paternel ? »

« Le digne pasteur Gutman avait
joint à ce cachier l'acte de légitimation,
que son amitié active et prévoyante
lui avait fait solliciter de la grande
chancellerie de Vienne, dans l'espérance de me revoir un jour. Il avait
obtenu cette faveur avec la protection
puissante de la baronne de Burbach,
ma noble tante, et par l'intervention
du duc régnant de Wurtemberg. J'é-

tais donc reconnu authentiquement,
en qualité de fils légitime du comte
d'Eisendorf, et d'héritier de son titre
et de sa fortune. Je vivais auprès du
bon Gutman, j'avais auprès de moi
mon fidèle Rosberg, je répandais les
bienfaits sur tous ceux qui m'environ-
naient. Que manquait-il à mon bonheur ? Tout, puisque je n'avais pas
Ernestine. »

« Je relisais souvent l'endroit du
cahier où il était question de sa tou-
chante folie, de cet agneau chéri dont
elle attendait le retour ; mes larmes
coulaient en abondance, en songeant
combien j'avais été injuste envers
cette tendre et généreuse amie, et en
m'avouant que j'étais l'unique et
véritable cause de ses malheurs. »

« Je relisais encore le récit de son

étrange disparition , rien ne prouvait positivemeut sa mort; ce voile retrouvé et taché de sang, n'était qu'une conjecture , et non une preuve ; enfin, je ne sais quel ange tutélaire me criait continuellement, et pendant le jour , au milieu de mes sombres rêveries , et durant la nuit , dans les songes les mieux circonstanciés , que la moitié de moi-même existait encore. »

« Je n'avais rien caché à la baronne de Burbach, ainsi qu'au pasteur, d'un secret important que je ne vous ai pas encore révélé. Je résolus de commencer *une double recherche,* en me transportant , avec Rosberg , au château de Burbach , et mes amis approuvèrent cette résolutiou, comme celle d'une imagination ardente, qu'il

fallait calmer sans en espérer toutefois
aucun succès. »

« Nous habitâmes quelques mois
Burbach, avec la baronne et le pasteur;
je visitai le lieu de cette scène horrible,
dont Ernestine avait été la victime;
j'en parcourus tous les alentours,
sans pouvoir rien découvrir qui me
guidât sur ses traces. Fatigué de ces
recherches infructueuses , le château
de Burbach me devint odieux , le séjour de celui d'Eisendorf m'était également pénible par les souvenirs qu'il
me retraçait ; je quittai mes amis et les
montagnes du Tyrol. Trouvant cette
maison à ma convenance, je l'achetai,
et je vins m'établir , avec Rosberg ,
sous le beau ciel des Etats de Venise. »

« C'est ainsi qu'un Dieu me guidait

par la main, si j'ose m'exprimer de cette manière, et me conduisait vers l'objet de mes recherches et de mes affections, dans cet instant même où je croyais devoir y renoncer pour jamais. »

« Je l'ai retrouvé, cet objet chéri, continua Adolphe, en tombant aux genoux de sa sœur, « et avec lui, le » bonheur, si mon Ernestine est assez » généreuse pour m'accorder le par- » don des peines que je lui ai causées, » et assez juste pour me dédommager, » par le don de sa main, de celles que » j'ai souffertes. »

A ces mots, la fille de Gutman devint pâle et interdite ; Rosberg, interprêtant un coup-d'œil de son noble ami sortit sans bruit du belvédère, emmena l'aimable Julia, et laissa les deux amans, terminer une explication intéressante dans un doux tête-à-tête.

Voici leur conversation fidèlement retracée.

ADOLPHE, *apres un long silence.*

Comment dois-je interpréter ce silence ?

ERNESTINE, *fondant en larmes.*

Voyez mes larmes, et prononcez.

ADOLPHE.

Ernestine n'aime-t-elle plus son frère ?

ERNESTINE.

Ernestine donnerait pour lui sa vie.

ADOLPHE.

Et elle ne peut lui donner son cœur.

ERNESTINE.

Vous avez dit l'affreuse vérité.

5

ADOLPHE.

Ainsi, un autre plus heureux...

ERNESTINE.

Ah ! garde-toi de le penser, le cœur d'Ernestine peut cesser de battre, il ne cessera jamais d'aimer Adolphe.

ADOLPHE.

Quelle autre raison ?...

ERNESTINE.

Des obstacles insurmontables.

ADOLPHE.

En est-il pour l'amour ?

ERNESTINE.

Il en est un que rien ne peut vaincre.

ADOLPHE.

Je vous entends. La veuve du comte d'Eisendorf ne saurait accepter la main de son fils : j'ai prévenu cette difficulté. Votre père, resté avec la baronne , au château de Burbach , sait que je vous ai retrouvée , que je renoncerais à la vie , s'il me fallait renoncer à votre main. En ce moment, d'après mon calcul, il est en route pour se rendre à Montefresco ; il sera porteur de la dispense ecclésiastique qui permettra cette union extraordinaire.

ERNESTINE, *à part.*

Il ne m'a point compris. Grand Dieu ! donne-moi la force de faire l'horrible aveu.

ADOLPHE.

Un aveu !

ERNESTINE.

Oui, j'aurai le courage de parler... il le faut, l'honneur l'ordonne. Votre Ernestine n'est plus digne de vous; elle est à un autre.

ADOLPHE.

Qu'entends-je ?

ERNESTINE.

C'est mon arrêt que j'ai prononcé.

ADOLPHE.

Expliquez-vous.

ERNESTINE.

J'obéis, puisque vous l'exigez. Dans cette nuit épouventable... au fond de la grotte... profitant de mon sommeil... avec la lâcheté la plus indigne, un homme inconnu... un monstre... il m'a déshonoré ! J'ai porté dans mon sein, à l'inçu de toute ma famille, le fruit de ce criminel amour. Il a perdu le jour, cet enfant infortuné, en le recevant de moi. Je ne puis en dire davantage. Jugez-moi ; mais, je le jure à la face du ciel, si vous me faites grâce, je me punirai moi-même de ce crime involontaire. S'il n'avait empoisonné que ma vie, je pourrais me le pardonner, il empoisonne le bonheur de mon Adolphe, il ne me reste plus qu'à mourir.

En prononçant ces mots, elle saisit un couteau sur la table, elle veut s'en percer le sein.

« Arrête, femme héroïque, s'écrie Adolphe hors de lui, « ce n'est point » ton cœur qu'il faut percer, c'est le » mien... tu vois à tes pieds le coupa- » ble. — Il serait possible ? Adolphe !... » — Lui-même. »

Après un long silence, Ernestine, revenant à elle, ajoute, d'une voix tremblante, en baissant les yeux et en rougisssant : « Adolphe était le seul » que je pusse pardonner. — Alors, re-

prend Adolphe , » je suis le plus heu-
» reux des hommes, puisqu'en retrou-
» vant l'amie de mon enfance , il me
» reste l'espoir d'effacer une double
» faute , et d'assurer son bonheur en
» lui rendant peut-être un fils ! —Mon
» fils ! il vivrait ?—Oui, mais garde-toi,
» ô ma divine amie , de te livrer à une
» espérance décevante.... l'enfant du
» crime et du repentir, notre fils est vi-
» vant.... j'en ai la certitude , mais je
» ne sais, dans quel endroit de la
» terre le sort a conduit ses pas.... Je
» le chercherai, je le trouverai, et le
» ciel qui a entendu mes soupirs, qui
» m'a rendu mon épouse, le ciel ne
» laissera pas son ouvrage imparfait
» en refusant un fils à nos vœux réunis.
» — Puisse ce Dieu puissant, qui
» daigne aujourd'hui terminer nos

» longs malheurs, ne point repous-
» ser ce double vœu. . . . Mais com-
» ment sais-tu ?.... — Tu vas en être
» instruite en écoutant la fin du récit
» que j'ai commencé. »

L'heureux Adolphe serrant sa bien
aimée contre son cœur, se plaça auprès d'elle sur le sopha et reprit la parole en ces termes :

« Je t'ai dit que Rosberg et moi
nous étions venus habiter ce château:
fuyant la société je ne cherchai point
à m'introduire auprès des nobles familles vénitiennes établies dans les
châteaux voisins : mes seules occupations étaient la lecture, la chasse, la
méditation, ou des conversations avec
mon ami sur mes malheurs passés. »

« Un jour, en chassant, je m'éga-
rai sur les possessions voisines des

miennes, le vieux garde de cette pro-
priété, qui me connaissait depuis
long-temps, vint honnêtement m'a-
vertir de cette méprise, en m'annon-
çant que le bois dans lequel j'étais ap-
partenait au seigneur Marterio, noble
vénitien, que ce seigneur était en
ville, et qu'en son absence, je pou-
vais chasser tout à mon aise, lui, garde-chasse en chef, ne demandant pas
mieux que de m'en donner l'autorisation, et de m'accompagner même
partout où je le désirerais. Cet homme
se nommait Fritzer, était bon, simple et vertueux ; je profitai de sa permission en payant sa complaisance
avec usure. »

« Cette forêt était remplie de gibier
et m'offait un autre charme plus puissant que la chasse par les sites roman-

tiques et sévères ou j'aimais à promener mes lugubres rêveries. »

« Je fus bientôt très lié avec le bon
Fritzer, dont la franchise me plaisait
infiniment, et j'eus occasion de lui
être utile en rendant la santé à Rebecca
sa digne femme, qu'une maladie affreuse et l'impéritie des médecins en-
chaînait depuis plusieurs années sur
un lit de douleur : l'usage d'une liqueur précieuse, dont les qualités
m'étaient connues et que j'avais rap-
portée du fond de l'Orient, la guérit
radicalement en moins d'un mois. »

« Après un tel bienfait, le dévouement du bon garde-chasse à mes in-
térêts et à ma personne, devint sans
bornes, ainsi que sa confiance. »

« Ce fut alors qu'il m'apprit qu'il
était on ne peut pas plus dégoûté du

service du signor Marterio, que cèt homme était sans mœurs et perdu de réputation, qu'enfin il ne doutait pas que son maître ne fut un coquin avéré. Il ajouta qu'il était question du retour de ce méchant seigneur, et qu'il se machinait sans doute quelque nouvelle horreur, attendu que depuis quelques jours le chirurgien de la maison, autre coquin de la première espèce, vendu à Marterio et à une certaine comtesse étrangère, avait amené deux fort jolies filles qu'on tenait soigneusement renfermées dans le château. »

« Cette aventure semblait n'avoir aucun rapport avec ma situation, pourtant elle piqua singulièrement ma curiosité ; je ne sais quel pressentiment agitait mon cœur ; j'attribuai

cette agitation à l'humanité qui m'or-
donnait de sauver ces deux victimes,
si la chose était en ma puissance , et
je ne fus pas tranquille que je n'eusse
obtenu du garde-chasse, en qui nos
scélérats avaient une confiance aveugle , la promesse qu'il me seconde-
rait de tous ses efforts , et que pour
parvenir à ce but, il me procurerait
une occasion de voir les belles prison-
nières. »

« Il me tint parole ; il m'introduisit
dans un endroit du parc , séparé du
jardin par des grilles en fer très-éle-
vées, de là j'étais à portée d'aperce-
voir , me disait-il , les deux pauvres
demoiselles , qui toujours bien tristes,
se promenaient presque chaque soir
dans l'allée en face. »

« Ton cœur seul , Ernestine , est en

état de concevoir ce qui se passa dans le mien, en reconnaissant dans une de ces deux infortunées celle que je croyais morte et que j'avais cherché partout infructueusement. »

« Je poussai un cri aigu.... il t'effraya sans doute.... Tu t'enfuis vers le château ; tu disparus à mes yeux , et le vieux Fritzer , étonné de mon exclamation , sentant tout le danger que je courais , et que je te faisais courir , eut toutes les peines du monde à m'entraîner hors du parc. »

» Rendu à sa cabanne , mon âme s'ouvrit à ce brave homme , je ne lui cachai rien, et il jura sur sa vie de me servir et de te délivrer. »

« Il m'a tenu parole ; il serait oiseux de te numérer tous les ressorts que nous fîmes jouer pour parvenir au but de nos désirs ; je répandis l'or en abondance, Fritzer mit les domestiques du château dans notre parti, et le ciel permit que l'intrigue et l'argent qui ne sont propres partout qu'à faire commettre de mauvaise actions, servissent une fois, du moins, à en faire une bonne. »

« Tout allait bien, et la mine était prête à éclater. »

« L'arrivée du seigneur Marterio et de la comtesse fut pour nous un contretemps terrible, il fallut nouer les fils de nouvelles intrigues, semer l'or une seconde fois, tout cela demandait du temps, des soins, nous risquions d'être découverts, vos dangers devenaient chaque jour plus imminens, cependant la ruse était le seul moyen à employer, l'attaque de vive

force était impraticable : appeler la
justice, c'était s'exposer à tout perdre, attendu le crédit et l'adresse de
nos adversaires. Juges, mon amie,
de la position dans laquelle je me
trouvais ?.... Je n'aurais pas crû,
qu'elle put devenir plus affreuse; elle
le devint pourtant lorsque je décou-
vris que le signor Marterio n'était
autre que l'infâme Brunstbar, ton ravisseur et mon plus cruel ennemi ; la
grande dame qui l'accompagnait,
Hildegonde de Bikenfeld, surnommée
la Diane de Hongrie , la persécutrice
de mon malheureux père , celle qui
avait juré ma perte sur mon berceau;
enfin quand j'appris qu'ils étaient secondés par l'atroce Margara, cette
napolitaine si fameuse dans l'art d'ap-
prêter les poisons , et par ce scélérat

moldave, nommé Valditz, dont j'avais épargné le sang, et qui avait voulu, à Stutgard, faire couler tout le mien sous le poignard d'un assassin à gages ?.... »

« Un jour, dans le fond de la forêt, je réfléchissais avec Rosberg sur notre étrange aventure : le résultat de nos réflexions était de tout entreprendre pour vous délivrer aussitôt que nous apprendrions qu'on voudrait se porter aux dernières extrémités, d'après la promesse formelle que le bon garde-chasse nous avait faite de nous avertir et de nous seconder : tout-à-coup nous entendons dans le taillis voisin des cris effroyables, nous mettons l'épée à la main, nous y courons.... Quel spectacle se présente à nos yeux épouvantés !.... Un malheu-

reux couvert de sang, et hâletant
sous la dent meurtrière de deux loups
énormes. . . . Ce malheureux, c'était
Valditz.... c'était mon ennemi, mon
assassin.... J'aurais dû le laisser périr,
j'oubliai ses attentats, et je ne vis en
lui qu'un homme souffrant.... Nous
volâmes à son secours Rosberg et moi
sans autres réflexions.... et après un
combat dangéreux et opiniâtre, nous
eûmes le bonheur de le délivrer; je
pansai ses blessures de mes propres
mains, je le consolai, je l'encoura-
geai.... ses larmes brûlantes coulèrent
en me reconnaissant. « C'est vous,
me dit-il, qui me délivrez d'un supplice cruel, vous qui défendez ma
vie ?.... Je lui imposai silence, nous
le portâmes à la cabanne du garde-
chasse, nous nous hâtâmes de lui
faire

faire porter du secours, il n'était plus temps, ses blessures étaient trop profondes.... il sentit qu'il fallait renoncer à la vie. »

« Dans ce moment solemnel où l'homme approche de l'éternité, il est peu de scélérats qui ne soient tou-chés et repentans. Ils frémissent à la vue de l'abîme entr'ouvert sous leurs pieds, le glaive d'un dieu vengeur étincelle à leurs yeux, ils tremblent pour l'avenir, ils voudraient ressaisir le passé. Vains efforts ! Le passé échappe, le présent n'est déjà plus, et l'avenir, qui commence, est une mer sans rivages, un songe affreux sans réveil, un supplice sans fin. »

« Telles étaient mes réflexions à la vue de Valditz, souffrant et mourant. Il me fit approcher de son lit, il réu-

III. 6

nit toutes ses forces, et, soulevé dans les bras de Rosberg et de Fritzer, il put proférer ces mots, qui furent les derniers. »

« Je vous ai fait bien du mal, gé-
» néreux jeune homme.... Je lis dans
» vos yeux mon pardon.... mais le
» ciel... plus juste... ne me pardon-
» nera pas... Non... non... je le sens...
» jamais... Je vais réparer... autant
» qu'il est en moi.... Apprenez... le
» secret... le plus... important... Votre
» Ernestine... est au château... Le
» monstre.... acharné à sa perte....
» est là... près d'elle... Sauvez, sau-
» vez-là... et dites-lui que son fils...
» est vivant... qu'elle le trouvera.... »
« Il ne put achever ; ses yeux blancs
et ternes roulèrent dans leurs orbites
ensanglantés, il jeta un cri déchirant,

des flots d'un sang noir jaillirent de
sa bouche horriblement contournée ,
et après une grande heure de convulsions et d'agonie , il expira dans les
douleurs les plus aigues. »

« Il est bon de te dire, ô mon amie !
qu'en lisant à Eisendorf le cahier tracé
par le pasteur , je m'étais bien con-
vaincu que l'union d'Ernestine avec
mon respectable père , avait eu la pureté de celle des anges ; j'étais intimement persuadé encore que jamais aucun amour illicite n'avait souillé son
âme innocente et céleste. Cependant
j'avais vu à Stutgard , de mes propres
yeux , son sein s'arrondir ; lorsque,
déguisé en Talapoin , je lui en avais
fait un reproche au milieu du bal , il
m'avait semblé, pour ainsi dire, que je
lui apprenais une chose qu'elle igno-

rât. Je m'étais bien gardé alors d'attribuer cet état à l'erreur d'une minute, je devais croire naturellement que c'était le fruit légitime de l'hymen ; mais quand je sus que cet hymen n'avait pas été consommé , et que toutes les circonstances passées se développèrent à mes regards, un voile sembla tomber de mes yeux, je ne pus douter un instant que mon Ernestine ne fut innocente, que je ne fusse l'unique criminel. Je m'empressai de faire cet aveu au digne Gutman, il pleura sur ma faute , qu'il croyait irréparable, il partagea mon opinion , ainsi que la baronne de Burbach. Tel est le secret important dont je parlais dans le cours de ma narration ; tel était le but de ma *double recherche* aux montagnes du Tyrol. Même en t'ayant retrouvée,

Ernestine, je n'avais pas l'espoir que tu me pardonnasses mon crime ; mais après la déclaration de Valditz, et l'espérance qu'elle me donnait de revoir un jour mon fils , je sentis mon cœur soulagé , et je ne craignis plus de me présenter à tes yeux comme un ravisseur , puisque l'existence du fils devenait l'excuse de son coupable père , et qu'en le remettant dans tes bras, j'étais certain de les voir s'ouvrir pour me recevoir avec ce précieux don. »

« Le lendemain de la mort de Valditz, le garde-chasse m'annonça qu'il était temps de paraître, que le soir même les deux victimes devaient être immolées par les scélérats Marterio et Rifleman; qu'il n'y avait plus à

balancer, qu'il fallait périr ou les
sauver. »

« Nos mesures étaient bien prises,
les domestiques du château gagnés, à
l'exception de Margara. Il nous man-
quait un prétexte pour pénétrer
dans ce repaire ; le hasard nous en
offrait un qui ne pouvait exciter aucun soupçon : le cadavre de Valditz
n'avait pas encore reçu la sépulture,
nous nous déguisâmes Rosberg et
moi, réunis au brave garde-chasse,
secondés par les valets d'Hildegonde
et ceux du prétendu Vénitien, nous
eûmes le champ libre pour parcourir
le château à la faveur de la nuit,
épouvanter les scélérats, parvenir
jusqu'à vous, et vous délivrer. »

« Notre intention était d'épargner
encore nos persécuteurs, le ciel ne l'a

pas voulu, ils se sont livrés d'eux-mêmes au glaive de la vengeance, et nous n'avons plus d'ennemis à redouter. Tu connais tous les autres détails de cette aventure ; il ne nous reste plus, ô mon Ernestine ! qu'à remercier le Dieu tout-puissant qui nous a dirigés, en le priant de nous conserver et de nous rendre notre fils. »

A ces mots, les deux amans tombèrent à genoux avec la plus grande ferveur.

Ils furent interrompus dans ce pieux exercice par Rosberg, auquel un inconnu de mauvaise mine venait de remettre une lettre pressée à l'adresse d'Adolphe. Adolphe l'ouvrit avec un frémissement involontaire, et après l'avoir parcourue d'un œil rapide, il l'a cacha soigneusement dans son sein.

Ce mouvement n'avait pu échapper à Ernestine ; elle en témoigna de l'inquiétude, Adolphe la rassura, et descendit avec elle et Rosberg dans le salon, où il la laissa. Qu'on juge si cette inquiétude était fondée, voici le contenu du billet.

« Perfide Adolphe, le sang que tu
» as versé retombera sur ta tête. Je
» reviendrai des portes du trépas pour
» porter à ton cœur les coups les plus
» sensibles et les plus inattendus.
» L'enfant d'Ernestine, ton fils, est
» en ma puissance, et l'ombre d'Hil-
» degonde poursuivra ton père jus-
» qu'à la seconde génération. Tremble,
» tu me reverras bientôt.

BRUNSTBAR. »

CHAPITRE VIII.

Evénemens sur événemens.

ADOLPHE communiqua au seul Rosberg le billet menaçant qu'il avait reçu ; ils résolurent de prévenir le mal, s'il en était encore temps, en s'emparant du perfide Brunstbar, et le forçant à quelque prix que ce fut de faire connaître la retraite du fils d'Ernestine.

Dès la petite pointe du jour, les deux amis montèrent à cheval, et se dirigèrent vers la cabane de Fritzer, accompagnés de quatre valets bien armés. Arrivés à la chaumière du bon garde-chasse, ils furent étonnés de la trouver déserte, un enfant

6 *

pleurait assis à la porte sur un tronc d'arbre : interrogé par Adolphe, il répondit que des méchans, venus il y avait trois nuits, avaient enlevé son père et sa mère, qu'il avait envain voulu les suivre, que les ravisseurs l'avaient renversé, frappé à outrance, et qu'ils étaient partis du côté de la forêt, en jurant que son pauvre père paierait de sa vie le service qu'il avait rendu aux ennemis déclarés du signor Marterio.

Adolphe, fort étonné de ce récit, consola cet enfant, l'encouragea, le remit à la garde d'un domestique, lui promit de lui rendre son père, et dirigea sur-le-champ son escorte vers le château d'Hildegonde, ou plutôt celui de son complice.

Le jeune comte éprouva un redou-
blement de surprise, en voyant toutes
les portes fermées, et le château abandonné ; il fit le tour du parc, le calme
le plus profond régnait dans ce séjour silencieux comme celui de la
mort. Les valets frappèrent à coups
redoublés à la grande porte , l'écho
répondit seul en répercutant les coups
de marteau ; Rosberg s'avisa d'aller
sonner à la conciergerie , placée du
côté opposé à l'entrée principale ; à
peine le son de la grosse cloche eut-il
frappé l'air , que le bruit d'une porte
tournante sur ses gonds se fit entendre
dans le lointain , un peu après , une
lucarne très-élevée s'ouvrit au-dessus
de la tête de Rosberg , et il aperçut
un garde du conseil des inquisiteurs de
Venise.

« Que veux-tu ? dit le garde. — En-
» trer dans le château. — Le sceau de
» la République est sur ses portes.
» —Quoi, Marterio ?—C'est un misé-
» rable convaiucu de plusieurs faux
» et soupçonné d'assassinats. Il est
» banni, ses biens sont confisqués. —
» Il importe au comte Adolphe de le
» trouver. — Le comte Adolphe est
» un brave homme, dit-on. — Per-
» sonne n'en doute, je pense.—Qu'a-
» t-il à faire à ce coquin ? — Il veut
» l'empêcher de commettre un nou-
» veau crime.—L'intention est bonne,
» la réussite douteuse; Marterio a
» disparu, il doit être bien loin main-
» tenant ; moi, je reste ici par ordre
» du Sénat, personne ne peut entrer
» dans ce château, c'est ma consigne,
» je n'en sais pas davantage. » En

disant ces derniers mots, le garde referma la lucarne et disparut.

Rosberg vint rendre compte à Adolphe de cette conversation, et tous deux, après avoir fait sur cet événement des conjectures à perte de vue, retournèrent à Montefresco, afin de ne point allarmer les dames par une absence trop prolongée.

Ils n'en étaient plus éloignés que d'une portée de carabine, quand Julia, pâle, échevelée, versant un torrent de larmes, vint à leur rencontre, et leur annonça qu'Ernestine, ayant été le matin de bonne heure se promener seule vers la solitude au bout du parc, n'avait point reparue; Julia ajouta que, justement allarmée de l'absence de son amie, elle avait été elle-même la chercher au milieu

des roches et dans les cavernes artifi-
cielles, qui ont fait donner à cette
partie des jardins de Montefresco le
nom de solitude, et qu'elle n'avait
trouvé que ce billet, dont la lecture
avait redoublé ses allarmes, en lui
prouvant qu'un complot affreux avait
été tramé contre son amie, et que
sans doute elle en était la victime.

Adolphe, aussi pâle que Julia, prit
le billet d'une main tremblante et y
lut ces mots :

« Intéressante et bonne Ernestine,
» c'est envain que le crime veille au-
» tour de vous, la vertu est en senti-
» nelle pour vous sauver. Votre fils
» vous sera rendu, n'en doutez pas....
» demain... aujourd'hui peut-être...
» Si vous voulez en savoir davantage,
» rendez-vous de suite dans les jardins

» à l'entrée de la solitude. Soyez dis-
» crète, soyez seule ; l'ami qui vous
» sert risque sa vie, voudriez-vous le
» sacrifier ? Venez, le bonheur vous
» attend pour prix de toutes vos pei-
» nes. »

Quelle fut la rage du comte, en
lisant ce perfide billet, et en reconnaissant qu'il était tracé par la même
main que celui qu'il avait reçu lui-
même la veille. Ainsi donc l'atroce
Brunstbar, quoique blessé, quoique
banni et en fuite, était toujours puissant et dangereux. Ces deux écrits,
l'enlèvement de Fritzer et de sa femme,
la disparition de la comtesse, tout le
prouvait jusqu'à l'évidence, et les
coups de ce scélérat allaient devenir
d'autant plus sûrs, que la main qui les
portait semblait invisible.

Ces réflexions se présentèrent à son esprit avec la rapidité de l'éclair ; en les faisant, emporté par l'amour, la haine et le désespoir, il lança son cheval au galop, et, suivi des siens, traversa les cours de Montefresco, le vestibule, les jardins, le parc, et en moins de temps que j'en mets à le raconter, se trouva au milieu des routes tortueuses et âpres, servant d'entrée à la solitude ; il en parcourut rapidement tous les détours. Inutile recherche. Pas le plus léger indice qui indique l'enlèvement de son amante. Il revient sur ses pas, met pied à terre, et se laisse tomber sur l'herbe, au pied d'un rocher taillé en arcade, et formant l'entrée de ce séjour mélancolique. A peine assis sur l'herbe, il lève les yeux, aperçoit des caractères informes tracés sur le roc , reconnaît son nom. Ô douleur ! c'était son arrêt. *Adolphe* , *tu ne la reverras plus* , disait la fatale inscription. En la lisant, l'amant d'Ernestine , hors de lui , frappe son front contre le roc , son sang coule , il tombe dans les bras de ses amis , on l'enlève , on le porte au château, et bientôt un délire effrayant, messager de la mort, égare ses esprits et fait craindre pour ses jours.

———

~~~~~~

CHAPITRE I X.

Vengeance terrible , mais juste. —
Encore une fourberie.

Arrivé au pied des Alpes avec Rabican et Brunto , à la tête de ses deux
cent braves , le brave Tonnerre ne
trouva plus aucun obstacle capable de
s'opposer à sa marche : ce n'était point
assez , il fallait arrêter un plan d'opé-
rations pour l'avenir ; il assembla son
conseil , il exposa avec précision et
clarté « que la cause de tous leurs
» malheurs , était la perfidie de l'abbé
» de Saint-Gall ; que le premier devoir
» d'un indépendant était la punition
» du crime , le premier besoin du
» brave , la vengeance ; qu'il était

» instruit que l'astucieux abbé, s'ima-
» ginant que ceux qu'il avait si lâche-
» ment livrés, ne pouvaient échapper
» à l'aigle impérial, s'était retiré sans
» défiance dans un vieux château
» fort, situé sur les confins des Etats
» vénitiens. Il proposa de marcher sur
» le-champ de ce côté, d'investir le
» château, de donner l'escalade, de
» percer le cœur du traître, et de s'é-
» tablir dans son propre manoir, qu'il
» serait facile de fortifier, et où un
» petit nombre de braves auraient
» l'avantage de se défendre long-
» temps. »

Cet avis fut adopté par acclamation,
l'on arrêta de donner quelques heures
au repos, dont la troupe avait grand
besoin, et de se mettre en marche
le lendemain à la pointe du jour.

Le soleil argentait à peine, dans le lointain, les pointes des glaciers les plus élevés, et déjà la troupe était en pleine marche ; l'intrépide Rabican commandait l'avant-garde ; le jeune Tonnerre dirigeait le centre, et le vieux et expérimenté Brunto formait l'arrière-garde avec quelques hommes d'élite. Le chef habile avait donné l'ordre de faire un grand circuit, en se couvrant des forêts, marchant dans les gorges, et longeant les précipices par des chemins inconnus et difficiles, mais où l'on ne craignait point d'être attaqué ou découvert, et dans lesquels une troupe d'hommes déterminés aurait pu au besoin se défendre contre une armée entière.

Il n'arriva rien de remarquable du-

rant la première journée, la halte se
fit dans un endroit marécageux, inac-
cessible de tous les côtés, hormis un
seul ; la garde du camp observa la
plus grande vigilance, et le lendemain
nos braves continuèrent leur route,
enveloppés d'un brouillard épais, qui
favorisait leur passage à travers un
pays plat et découvert qu'il fallait
nécessairement traverser, et où Tonnerre avait craint d'être aperçu et
attaqué, soit par les troupes qu'il sup-
posait à sa poursuite, soit par les sbirres
nombreux préposés à la garde du territoire vénitien.

A l'instant où le brouillard se dis-
sippa, ils se trouvaient loin du marais,
sur une éminence aride, voyant se
dérouler à leurs pieds le tableau en-

chanteur des riantes campagnes qui
fleurissent sous le beau ciel de l'heureuse Italie. Dans l'instant où notre
héros admirait le beau spectacle que
la nature déployait à ses regards, Rabican accourut vers lui au galop, et
vint lui faire rapport que son avant-
garde venait d'arrêter, dans la caverne
qu'on apercevait à droite du haut du
monticule, deux malheureux grièvement
blessés, portés dans des litières
par huit paysans, et accompagnés
d'une femme d'un âge mûr; que cette
femme, ayant appris par ses gens que
la troupe était commandée par le
brave Tonnerre de Dieu, lui avait
demandé, toute en larmes, la faveur
de lui être présentée. A ce discours, le
maître, toujours prêt à accorder protection aux infortunés, s'empressa de

suivre son lieutenant, et entra avec lui
dans la caverne.

« Sainte-Vierge, le voilà, s'écria la
» femme, en l'apercevant, » le voilà
» le protecteur des faibles, le vengeur
» de l'humanité; quand l'injustice
» des hommes nous poursuit, quand
» la main du crime s'appesantit sur
» nous, bénissons l'éternelle sagesse
» qui nous fait trouver un abri sous
» l'égide du jeune héros des indépen-
» dans.

» —Vous me flattez, madame, ré-
» pondit Tonnerre, en rougissant, mais
» si vous êtes malheureuse, si mon
» faible bras peut vous être utile, je
» vous prie d'en disposer. — Nous
» acceptons les secours de ce bras
» puissant qui renverse le fort et relève
» l'opprimé, répliqua vivement la

» femme; en apprenant notre déplora-
» ble histoire, vous allez savoir com-
» bien nous sommes dignes de pitié,
» combien nous méritons votre pro-
» tection. »

Elle entraîna avec vivacité le guerrier surpris, et le fit approcher des litières sur lesquelles étaient les blessés
environnés par les paysans à genoux.
Le jeune bandit se sentit touché à la
vue de deux hommes souffrans: l'un
avait la figure fracassée, et était inca-
pable de lui témoigner sa reconnaissance autrement que par ses gestes, et
l'autre, éprouvant les plus horribles
douleurs, découvrit une jambe muti-
lée, en criant *vengeance* d'une voix à
demi-éteinte.

« Seigneur, continua la femme, en
versant un torrent de larmes, « vous
avez

» avez devant les yeux deux victimes
» de l'horrible cruauté d'un misérable,
» que l'on nomme le comte Adolphe,
» et dont le château est peu éloigné
» des lieux où nous sommes : cet
» homme barbare et trop puissant
» avait conçu une passion illégitime
» et déshonorante pour la vertueuse
» épouse de ce seigneur , que l'on
» nomme Marterio ; voyant qu'il ne
» pouvait la satisfaire , il a pénétré, il
» y a trois nuits, de vive force , dans
» notre maison ; il a enlevé ma noble
» maîtresse ; d'un coup de pistolet , il
» a renversé son époux, qui voulait la
» défendre , et l'un de ses satellites a
» brisé la jambe du bon docteur Ri-
» fleman , le médecin de la maison ,
» accouru au bruit des armes à feu :
» alors le criminel ravisseur a disparu

III.   7

» avec sa proie, qu'il tient enfermée
» dans son château. Ce n'était point
» assez de tous ces crimes, la rage du
» monstre n'était point satisfaite : vou-
» lant prévenir la punition de son crime
» et en écarter à jamais les témoins,
» il a couru à Venise, il a prodigué
» l'or à ces âmes vénales qui composent
» le conseil suprême des inquisiteurs,
» et il a obtenu, ô forfait exécrable !
» un arrêt authentique, qui bannit
» mon digne maître du territoire de
» la république. En cet instant même
» nous fuyons cette terre d'iniquités ;
» ni la justice de notre cause, ni les
» souffrances de ces deux infortunés,
» ni mes larmes, rien n'a pu toucher
» les sbirres envoyés par un sénat pré-
» varicateur, il a fallu partir; et vous
» nous voyez, seigneur, errans, fugi-

» gitifs, ne pouvant trouver une pierre
» pour reposer nos têtes , grace à la
» barbarie de nos ennemis et à l'in-
» justice des magistrats qui les protè-
» gent.

« — Lorsque les lois se taisent,
» que leurs organes sont vendus au
» crime, ou enchaînés par la persécu-
» tion , c'est aux hommes généreux
» que j'ai l'honneur de commander
» qu'il appartient de rétablir l'ordre
» de la nature dérangé par les passions
» humaines , répliqua Tonnerre avec
noblesse ; « vous me voyez prêt à vous
» secourir, et à vous venger dès que
» j'aurai mis fin à l'entreprise que j'ai
» commencée. Ne quittez pas ces in-
» fortunées victimes , madame ; j'au-
» rai soin qu'il ne manque rien ni à
» eux ni à vous, et dût le tyran de Ve-

» nise faire marcher en masse ses sa-
» tellites , ils ont déjà éprouvé la
» force de mon bras, et, je le jure à la
» face du ciel, vous serez en sûreté au
» milieu de mes braves , ou du moins
» ils périront tous jusqu'au dernier,
» avant de souffrir qu'il vous soit fait
» une nouvelle injure. Rabican , faites
» dire à Brunto que je le charge d'es-
» corter ce dépôt précieux que le mal-
» heur me confie, et continuons notre
» marche. »

Ces ordres furent ponctuellement
exécutés , on donna une garde aux
blessés , et la nuit suivante on arriva
en silence, et sans avoir été découvert,
sous les murs du château fort dans
lequel l'abbé de Saint-Gall , dans la
plus parfaite sécurité , faisait sa rési-
dence actuelle.

Quant à Margara , qu'on aura bien reconnu, je pense, dans la femme qui accompagnait Marterio et Rifleman , elle resta avec eux à l'arrière - garde sous la protection du vieux Brunto, lequel, pour satisfaire aux ordres du maître, lui prodigua , ainsi qu'aux malades , les soins les plus empressés.

Le château fort fut escaladé sans difficulté ; l'abbé , qui ne s'attendait pas à cette attaque subite, fut surpris à table, à moitié ivre, au milieu d'une troupe de jeunes gens, serviles flatteurs de ce sybarite tonsuré ; il fut mis en pièces, sans avoir le temps de se défendre , et sa tête fut envoyée au général des troupes impériales avec ce court écrit : *C'est ainsi que Tonnerre punit les traîtres.*

CHAPITRE X.

Songe épouventable. — Trahison découverte.

Après cette expédition, le chef des indépendans établit sa garde de nuit, ordonna des rondes sévères, et s'enveloppant dans son manteau, se coucha sur le parquet dans la grande salle, devant un feu clair, ayant ses pistolets et sa carabine à ses côtés. Il aurait sans doute pu trouver un meilleur lit dans le château du somptueux abbé ; mais il était dans ses principes de dédaigner le luxe, les jouissances, et de s'accoutumer de bonne heure à la vie la plus dure, pour y être façonné en cas de malheur, conformément aux maximes du sage Bither, qui avait coutume de dire qu'un corps affaibli par la mollesse, ne pouvait jamais contenir une âme forte.

Malgré la dureté de ce lit, l'habitude et la fatigue n'eurent point de peine à provoquer le repos, notre jeune Spartiate s'endormit profondément. Son sommeil fut d'abord calme, bientôt il devint pénible et agité : il se figura voir à côté de lui les têtes sanglantes de l'évêque de Coïre, du grand procurateur de Gênes, et de l'abbé de Saint-Gall ; elles ouvraient leurs bouches horriblement contractées par un sourire sardonique, et semblaient se réunir pour crier *vengeance*. Il voulait les écarter avec la pointe de son sabre, ce sabre se trempait dans leur sang, et la pointe traçait malgré lui ce mot *vengeance*. Soudain il vit paraître dans les airs, au milieu d'une vapeur sombre, cette même femme qu'il avait sauvée deux fois, et dont la figure céleste avait laissé dans son âme une impression si profonde ; elle traçait avec son doigt ces paroles, qui se gravaient en traits de feu sur le nuage noir, servant de cadre à ce tableau fantastique : *repentir, espérance*. Ensuite la jeune femme descendait de son char lugubre ; elle arrosait de larmes abondantes les traces de sang laissées par les trois victimes, elle les effaçait en se servant de ses longs cheveux trempés de ses pleurs. Tout-à-coup un beau jeune homme paraît dans le lointain, il s'avance amoureusement vers la femme angélique, la relève, la presse dans ses bras. Tonnerre, guidé par la jalousie , arme un pistolet , met en joue le jeune homme ; la femme s'élance en poussant un cri lugubre : *arrête* , dit-elle , *c'est ton père.*

En ce moment, notre héros se réveille en sursaut, mouillé par une sueur froide, il voit debout à ses côtés une figure pâle, éclairée par la réverbération du feu ; en même temps, il se sent fortement saisi par le bras : « Que diable as-tu donc , maître , dit la figure , « veux-tu brûler la cervelle » au vieux Brunto ? » En effet , c'était ce fidèle serviteur que le jeune chef avait devant les yeux ; il achève de se réveiller, se lève et embrasse son vieux camarade , en le priant de l'excuser si , dans l'erreur d'un songe , il avait mis un instant sa vie en danger.

7

« Il n'est pas question de ma vie,
dit le vieillard, « tu sais que je suis
» prêt à la sacrifier pour toi, il s'agit
» de la tienne, maître ; ce n'est point
» un rêve, tu cours les plus grands
» risques.—Explique-toi, Brunto. —
» Tu as remis à ma garde ces deux
» blessés et cette sirène qui a eu l'art
» d'émouvoir ton cœur sensible : eh
» bien, ce sont des scélérats.—Que
» dis-tu, ami ?— La vérité, morbleu;
» j'ai reconnu l'homme à la figure
» fracassée, c'est ce mauvais sujet de
» Brunstbar, dont Bither t'a révélé les
» forfaits ; cet homme, parce que tu
» es vertueux sans doute, a toujours
» été ton ennemi secret; dès ton en-
» fance, maître, il a cherché à entrete-
» nir des divisions dans la troupe,
» il n'a cessé qu'après ton triomphe

» d'être l'appui des mécontens. Foi de
» Brunto, je le crois capable de tout.
» Son camarade, avec sa jambe brisée,
» est un certain Rifleman que je con-
» nais d'ancienne date , il est aussi
» coquin que le premier; quant à la
» femme, je la connais aussi , tudieu!
» Ce n'est rien autre que l'empoison-
» neuse Margara, échappée jadis des
» cachots de Naples , concubine et
» confidente de Brunstbar , le démon
» femelle le plus exécrable que l'enfer
» ait vomi sur la terre ; les huit hom-
» mes qui servent d'escorte à ce trio
» infernal , sont des paysans ; vois-tu,
» capitaine , comme toi et moi, ce
» sont tous des spadassins vénitiens
» déguisés ; cette nuit même deux
» d'entre eux sont partis en secret,
» en se dirigeant vers le grand

» aqueduc , ouvrage des Romains ,
» maintenant abandonné , tombant
» en ruines , très-propre à cacher une
» embuscade. Cet aqueduc se trouve
» entre ce château et celui de Monte-
» fresco. Un autre de ces prétendus
» paysans a percé la ligne des postes
» du côté de Venise , je l'ai arrêté ,
» et j'ai trouvé sur lui cet écrit par
» lequel on promet de te livrer aux
» inquisiteurs , si le signor Marterio ,
» c'est-à-dire Brunstbar , est relevé du
» ban qui le bannit de la république ,
» et si ses biens lui sont rendus. Vois
» à présent , capitaine , comme il est
» dangereux de se livrer à la pitié ;
» quant à moi , par la corbleu , je sais
» bien que si l'un d'eux bronche , je
» lui fais sauter le crâne avec ma ca-
» rabine sans plus d'examen.

» — Je ne puis que donner des élo-
» ges à ton zèle, brave Brunto, dit le
capitaine, après avoir parcouru l'é-
crit ; « cependant je désaprouve toute
» mesure violente, et j'en punirais les
» auteurs, tels qu'ils fussent. Ces hom-
» mes sont nos ennemis , mais ils sont
» blessés , proscrits et malheureux, je
» dois les secourir ; s'ils abusent de
» mes bienfaits et veulent me trahir ,
» je dois les surveiller ; mais je ne puis
» outrager les droits sacrés de l'hospi-
» talité en les rendant mes victimes.
» J'entends donc , Brunto , que les
» huit paysans ou prétendus tels, soient
» conduits et renfermés dans les cham-
» bres basses de ce château, que toute
» communication soit interceptée en-
» tre eux et leurs maîtres ; j'ordonne
» qu'on ne leur fasse aucun mal, sous

» quelque prétexte que ce soit; je
» veux qu'on continue à prendre le
» plus grand soin des blessés. Je m'ex-
» pliquerai avec eux, quand leur santé
» sera devenue meilleure ; je me charge
» moi-même de surveiller la Margara;
» et quant à l'aqueduc ruiné, je pré-
» tends connaître à l'instant les mys-
» tères qu'il renferme; dans tous les
» cas, il nous sera utile pour placer
» un poste avancé, et je vais sur-le-
» champ le visiter. Ordonne à mon
» escorte de monter à cheval. »

Le vieux Brunto obéit en secouant
la tête, et en murmurant tout bas
qu'avec tous ces beaux sentimens-là,
on finissait par périr misérablement.

Le capitaine ordonna à deux de ses
gens les plus déterminés de ne pas
perdre de vue la femme et les deux

blessés , jusqu'à son retour, et étant
sorti dans la première cour du château,
il sauta sur son cheval , se mit à la
tête de son monde , et se dirigea vers
l'aqueduc.

L'aube du jour commençait à des-
siner dans le lointain les ruines de cet
ouvrage , empreint encore , malgré
les ravages du temps, de la grandeur
du peuple Roi; le capitaine croit entendre des cris étouffés, partans d'un
petit bois de myrtes et d'orangers sur
la gauche ; il s'arrête, met pied à terre,
écoute; les cris se répètent ; il n'hésite
plus , il tire son sabre vengeur , se
glisse, suivi de deux des siens , le
long des bosquets , et découvre avec
horreur un vieillard et une femme d'un
certain âge, attachés à un arbre isolé,
et prêts à être massacrés , par qui ?

par les deux faux paysans qui étaient allés visiter l'aqueduc : plus prompt que la foudre , il se précipite sur ces misérables , les désarme , les renverse et fait tomber les liens qui retenaient leurs victimes.

Le vieillard et la femme embrassent ses genoux. « Qui êtes-vous ? leur dit le capitaine en les relevant avec bonté. » — Un pauvre garde-chasse du sei- » gneur Marterio , répond le vieillard tremblant , « arraché avec ma femme » de sa cabane par ces deux scélérats, » et conduits dans les ruines du grand » aqueduc , où depuis plusieurs jours » nous sommes enchaînés et privés » de nourriture ; on me nomme Frit- » zer. — Comment vous trouvez-vous » en ce lieu ? — Hélas ! monseigneur , » nous attendions la mort comme un

» bienfait, lorsque ce matin ces deux
» hommes sont revenus. « Comment,
» ont-ils dit, ils vivent encore ! (C'était
» de moi et de ma femme qu'ils par-
» laient, monseigneur.) Ils ont donc
» l'âme clouée dans le corps ? Allons,
» allons, il faut les achever pour faire
» place à cette femme, car c'est ici le
» seul endroit fermant dans les ruines. »
« Ils le firent, monseigneur, comme
» ils l'avaient dit, malgré nos suppli-
» cations, nos prières ; ils saisirent ma
» femme Rébecca et moi, ils nous
» traînèrent jusqu'à cet arbre, couvert
» par ce bois, et nous allions périr,
» monseigneur, quand vous avez paru.
» — Qu'avez-vous à répondre, vils
» scélérats, dit Tonnerre aux deux
coupables? « — Que ces gens-là nous
» ont fait le plus grand mal, et que,

» comme vous, capitaine , nous nous
» faisons justice par nos propres
» mains. »

Le jeune héros resta un instant
confus à cette apostrophe hardie.

« Ne croyez pas me tromper , re-
prit-il après un court silence ; « je sais
» que vous n'êtes pas ce que vous
» paraissez être ; je sais que votre
» maître , le perfide Marterio est un
» scélérat, vous n'échapperez pas à ma
» vengeance, elle sera terrible. Mais
» avant , je veux savoir qu'elle est
» cette femme, cette nouvelle victime
» enfermée dans les ruines ; marchez
» devant nous , et si vous faites mine
» de vouloir vous échapper, il y a une
» poignée de balles dans mon espin-
» gole, elles sont destinées au premier
» qui bougera. »

Pendant qu'il parlait, le reste de la troupe était arrivé ; les deux affidés de Brunstbar furent garrottés, leurs mains furent liées dernière le dos, on les fit marcher en avant.

Le capitaine, toujours compâtissant, fit donner du pain et du vin au pauvre Fritzer et à la bonne Rébecca, ces deux malheureux objets de la vengeance d'un monstre qui les faisait punir, comme le lecteur l'aura sans doute deviné, pour avoir servi la cause de l'humanité et coopéré à arracher Ernestine de ses odieuses mains. Le jeune chef ne les quitta que, lorsqu'il les vit reprendre un peu de force, il les confia à la garde de deux de ses gens, avèc ordre de les reconduire dans leur cabane, leur remit une bourse pleine de sequins, et par-

tit pour visiter l'aqueduc, suivi par
les bénédictions des heureux qu'il
venait de faire.

~~~~~~~~~~~~~~~~~~~~~~~~~~~~~~~~~~~~

CHAPITRE XI.

Délivrance.—Nouveaux plans.

« O RUINES ! que j'aime votre silen-
» cieuse éloquence ! combien je me
» plais à recevoir vos fantastiques le-
» çons ! Vos pierres noircies par les
» âges , et recouvertes de la mousse,
» fille du temps , m'apprennent à la
» fois ce qui fut , ce qui est, ce qui
» sera. Le fleuve des siècles a roulé
» sur vos débris ; il a laissé sur ces
» colonades les traces de son rapide
» passage. Je crois voir encore les
» mains glorieuses qui ont élevé ces
» murs ; je crois entendre une onde
» pure et bienfaisante, murmurer
» pour la première fois dans ces ca-

» naux creusés par les vainqueurs de
» l'Univers. Combien de peuples, dans
» une longue succession d'années, ont
» recueilli les tributs de la nymphe qui
» les arrose ! Que sont devenus ces
» nobles architectes ? où sont passé
» ces peuples ? cette onde elle-même
» n'est-elle pas tarie ? Ainsi dans un
» gouffre profond tout s'engloutit
» tour-à-tour, et les hommes, et leurs
» ouvrages, et les bienfaits de la na-
» ture. Que dis-je ? tout a changé,
» rien n'a péri : les héros ont succédé
» aux héros, les générations ont pro-
» duit d'autres générations, et l'eau
» qui coulait pompeusement sous ce
» magnifique aqueduc, roule un peu
» plus loin ses flots paisibles sous la
» voûte parfumée d'un simple boc-
» cage. Oui, il me semble quelquefois

» que j'ai assisté à la création de ces
» monumens ? Peut-être alors mon
» âme impérissable était-elle revêtue
» du corps d'un des braves tribuns,
» compagnons de Marius ou de Paul
» Emile ! Et pourquoi même n'aurait-
» elle pas eu pour enveloppe cette
» petite portion de matière animée
» qui fut Scipion ou César (*) ? Cette
» âme que je sens, que je ne puis défi-
» nir, n'est-elle pas forte ? n'est-elle
» pas grande comme celles de ces
» héros ? N'éprouvé je pas intérieure-
» ment comme eux cette soif de gloire,
» ce besoin d'immortalité, ce mépris
» de la mort qui de tout temps a dis-

(*) On reconnaîtra aisément dans cette déclama-
tion tous les principes de la philosophie de Either.
Tel maître tel élève.

» tingué les grands hommes de la
» multitude serte rampante à leurs
» pieds! Quand j'élève mon front vers
» le ciel, la nature ne me dit-elle pas :
» tu es né pour commander? Quand je
» le rabaisse vers la terre, les hommes
» prosternés et tremblans sous la force
» de mon bras, ne me crient-ils pas :
» nous sommes nés pour t'obéir? C'est
» à ces signes sacrés qu'un héros se
» reconnaît. Que me manque-t-il?
» Une armée, un empire. Alexandre
» eût-il jamais été surnommé le Grand,
» s'il n'eût commandé qu'un corsaire
» sur le pont Euxin? Et ce corsaire,
» qui s'estimait aussi grand qu'Alexan-
» dre, n'eût-il pas conquis la Perse,
» si le sort l'eût placé à la tête de trente
» mille Macédoniens? Je n'ai sous
» mes ordres que deux cent braves,

» ves, il n'en fallut pas davantage à
» Romulus pour creuser les premiers
» fossés de la superbe Rome ; on l'ap-
» pelait, ainsi que moi, un chef de
» brigands, et il ouvrit à ses successeurs
» le chemin pour conquérir l'empire
» du monde ? Suivons l'histoire du
» grand peuple, elle ne commence
» véritablement qu'à l'enlèvement des
» Sabines ; pourquoi n'imiterais-je
» pas mon modèle ? pourquoi ne point
» me donner comme lui une compa-
» gne ? me former une famille ? me
» créer une patrie ? »

En faisant ces réflexions, le jeune
Tonnerre, précédé de ses braves, et
dirigé par les deux guides, s'avançait
sous les voûtes de l'aqueduc. Tout-à-
coup un gémissement sourd se fait
entendre, une porte est enfoncée, le

III.   8

jeune homme aperçoit une femme en-
chaînée , il s'avance , reconnaît celle
qu'il a déjà sauvée deux fois, et tombe
à ses genoux en s'écriant : « La for-
» tune propice m'offre ce qu'il me faut
» pour réaliser mes projets. »

Ernestine ne peut concevoir le sens
de cette exclamation ; mais elle a reconnu son aimable libérateur , elle
jette un cri de joie , son cœur bat avec
violence , elle le relève , en le remer-
ciant par un doux sourire , et bientôt
les chaînes odieuses ont cessé de flétrir
ses jolis bras.

Les deux faux paysans sont inter-
rogés , menacés de la mort , leur audace a disparue , ils versent des larmes et conviennent de leurs crimes :
c'était eux qui , aidés de leurs compagnons et par les ordres de Marterio,

avaient, depuis plusieurs jours, enlevé le garde-chasse et sa femme, les tenaient enfermés dans cette chambre souterraine de l'aqueduc, et les avaient abandonnés dans l'intention de les laisser mourir de faim : c'était eux qui, dans cette expédition, ayant découvert un passage secret et inconnu de l'aqueduc aux rochers, nommés la solitude dans le parc de Montefresco, avaient fait part de cette découverte au maître ; celui-ci leur avait ordonné d'enlever Ernestine du château de Montefresco, de la déposer dans les ruines et de la garder soigneusement jusqu'à ce qu'il fut rétabli de sa blessure : ils s'étaient servi de ruse pour attirer cette femme infortunée dans le piège, la réussite avait été complette; enfin ils allaient rendre compte de leur succès à leur maître, quand ils avaient été surpris par le capitaine au moment de massacrer Fritzer et Rébecca, dont la mort était décidément arrêtée.

Le capitaine reçut ces aveux, se réservant d'en faire plus tard l'usage convenable, et prononçant la peine du talion, il fit enfermer les deux scélérats dans la chambre souterraine, sans vouloir écouter toutes les instances d'Ernestine qui demandait leur grace. Il ne voulut pas permettre non plus qu'elle retournât à Montefresco, il la rassura sur ses craintes et exigea, au nom de sa propre sûreté, qu'elle le suivit d'abord au château de l'abbé de saint-Gall en lui promettant secours et protection.

Le cœur maternel de notre Ernestine était, sans qu'elle le sut, d'accord avec les vœux de son sauveur ;
elle le suivit avec une certaine con-
confiance, dont elle ne pouvait s'ex-
pliquer la cause à elle-même, puisque son absence prolongée devait jeter l'allarme dans le cœur de son Adolphe, et que, dans le fait, quelques
fussent les précédens bienfaits de son
libérateur, elle ne pouvait se dissimuler qu'elle était entre les mains
d'un chef de brigands.

Dès que Tonnerre fut rentré dans
sa forteresse, et qu'il eut donné les
ordres convenables pour qu'Ernestine
fut reçue et traitée avec tous les
égards et les soins qu'elle méritait,
il fit assembler sa troupe dans la
grande halle, et, monté sur une table,

il adressa à ses compagnons le discours suivant :

« Braves indépendans ! ô vous amis
» fidèles dans le malheur, seuls et uni-
» ques soutiens de ma gloire, vous
» êtes l'objet constant de mes pater-
» nelles sollicitudes, toutes mes mé-
» ditations ne tendent qu'à ramener
» au milieu de vous le calme et le
» bonheur : écoutez donc les nou-
» veaux projets que le ciel m'inspire,
» aidez-moi de vos sages conseils, et
» si par événement, vous désaprou-
» viez la chose en elle-même, du moins
» sachez gré à votre chef de l'inten-
» tion. »

« Braves indépendans, les fruits de
» la raison ne sont pas encore assez
» murs dans l'Europe pour qu'elle re-
» connaisse la sublimité de notre insti-

» tution. Les peuples aveuglés que nous
» défendons, nous accusent de les op-
» primer ; nous aimons la vertu, nous
» nous soumettons pour elle aux plus
» grandes privations ; au péril de nos
» jours nous poursuivons, nous punis-
» sons le crime, et l'on nous appelle
» des bandits ! la Germanie est levée
» contre nous, l'Italie nous ferme ses
» frontières, la terre que nous fou-
» lons s'apprête à nous rejeter de son
» sein : dans cette situation épouven-
» table, il ne nous reste qu'un seul
» moyen de salut. »

« Marchons vers les côtes de l'A-
» driatique, emparons-nous d'un
» vaisseau, tournons les voiles vers
» l'Amérique : là il existe des peuples
» indépendans comme nous, là une
» terre vierge, féconde et déserte

» nous offre un sûr asile; cessons
» d'éloigner de nous la plus belle, la
» plus intéressante moitié de nous-
» même, que chacun se choisisse une
» compagne, qu'il l'associe à son nou-
» veau sort et à l'exemple des fon-
» dateurs de Sparte, d'Athènes et de
» Rome, allons créer une républi-
» que sous un autre ciel. N'est-ce
» pas pour échapper comme nous à
» la tyrannie, pour jouir d'une glo-
» rieuse indépendance que les braves
» Helvétiens ont fui dans les neiges de
» leurs montagnes; que les généreux
» Padouans, se dérobant à la fureur des
» Goths ont élevé dans les lagunes les
» superbes tours de Venise-la-Riche;
» que les industrieux Bataves ont
» desséché les marais, contenu la mer
» par des digues, et conquis le com-

» merce du monde ; que plus récem-
» ment Guillaume Pen , pour se sous-
» traire aux lois injustes de son pays,
» est venu en dicter de nouvelles sur
» les rives de la Delawarre, dans cette
» même Amérique où je vous offre
» d'aller chercher une paix que vous
» avez si justement méritée par vos
» nobles travaux ? »

« Imitons ces beaux exemples , rou-
» gissons d'être plus long-temps con-
» fondus dans la classe des voleurs et
» des assassins ; l'opinion est injuste ,
» je le sais ; mais le plomb , quoique
» lancé par une main criminelle, en
» est-il moins meurtrier ? Lequel de
» vous ne distingue pas en frémissant,
» dans un horizon voilé par la tem-
» pête, l'échafaud honteux qui se
» présente pour le recevoir ? à l'écha-

8 *

» faud ainsi qu'aux champs des com-
» bats , nous périrons en braves, je
» le sais : mais ne vaut-il pas mieux
» vivre en héros , agir en grands hom-
» mes, et mériter que nos noms, à
» leur tour , paraissent , aux yeux de
» la postérité, sur les pages brillantes
» de l'histoire ? »

« En deux mots, amis, la mort
» et l'ignominie en Europe ; en Amé-
» rique, la prospérité et la gloire :
» Choisissez.... »

L'éloquence de l'orateur était en-
traînante, la persuasion coulait de
ses lèvres, le feu du génie brillait
dans ses yeux. Il réunit tous les
suffrages, son projet fut adopté unanimement, et, sans perdre de temps,
on s'occupa des moyens de le mettre
bientôt à exécution.

~~~~~~~~~~~~~~~~~~~~~~~~~~~~~~~~

CHAPITRE XII.

Amour, nature. — Une reconnais-
sance.

En sortant de l'assemblée, on prévint le capitaine que la belle prisonnière désirait lui parler ; comme il
avait également l'intention de causer
avec elle, il s'empressa de se rendre
dans son appartement ; il l'aborda
avec courtoisie, il en fut reçu avec
affabilité, et tous deux restèrent quelque temps dans le silence en s'obser-
vant avec une secrète émotion ; Ernestine le rompit la première.

ERNESTINE.

Je vous ai fait prier de venir auprès
de moi, brave et digne jeune homme,

pour vous remercier de votre puissante protection , et vous supplier de
me rendre la liberté, de retourner auprès des amis qui , sans doute, en ce
moment sont plongés dans l'affliction
et déplorent ma perte. Esclave au milieu d'une troupe d'hommes, dont la
profession , hélas ! ne m'est que trop
connue , bien loin de former un pareil vœu , je devrais me croire perdue
pour toujours ; mais cette troupe
d'hommes, toute formidable qu'elle
soit, est commandée par le noble et
généreux Tonnerre, il m'a trois fois
sauvé la vie et l'honneur , je ne dois
pas craindre qu'il démente aujour-
d'hui son honorable conduite , et lui
demander un nouveau bienfait, c'est
être sûr de l'obtenir.... Je n'ai donc
pas hésité de vous suivre en ces lieux,

seigneur, vous étiez le maître de commander, sans doute, mais j'ai obéi
avec confiance sans attendre un ordre,
lorsque dans ce même moment mes
affections les plus chères me rappe-
laient au château de Montefresco....
Vous le dirai-je ? J'ai suivi mon sauveur avec un certain plaisir.... Pourquoi le dissimuler, puisque c'est la
vertu seule qui me l'inspirait ! Oui,
brave étranger, si vous m'avez sauvé
la vie, je veux faire plus, je veux
vous arracher à un état trop indigne
de vous, vous soustraire à l'infamie,
utiliser tant de vertus, tant de nobles
qualités profanées par un métier dés-
honorant, enfin rendre à la société
un jeune homme si bien fait pour en
faire l'ornement, à l'honneur un guerrier égaré qui, en croyant suivre ses

étendards, poursuit une chimère et laisse échapper la réalité, au bonheur un être intéressant qui possède tout ce qu'il faut pour le recevoir et le répandre autour de lui.... Quittez, ô mon cher libérateur ! quittez une profession périlleuse, si indigne de vous, ne soyez plus rebelle aux lois de votre pays, méritez son pardon par un acte volontaire de soumission, et lorsque mon brave et jeune défenseur, loin des dangers et des allarmes, aura retrouvé la paix de l'âme et la douce tranquillité, compagnes inséparables du bonheur, je bénirai le Dieu tout puissant qui aura permis que sa faible créature ramena vers lui un être égaré, et s'acquitta de la dette sacrée de reconnaissance qu'elle a contractée, lorsque plusieurs fois, avec une égale générosité et un noble désintéressement, vous dérobâtes sa tête au glaive de ses persécuteurs.

TONNERRE.

Avec qu'elle émotion j'ai écouté, belle et sensible dame, les paroles de sagesse sorties de votre jolie bouche ! tout mon être a tressailli à l'image du bonheur dont vous m'offrez la douce perspective.... et puisqu'il faut vous l'avouer, vos vœux sont entièrement conformes aux miens.... sur un seul point, je ne puis être de votre avis, c'est lorsque vous traitez d'infâme la noble profession que j'exerce ; mais j'excuse vos préjugés, ils sont conformes à ceux de la société dans laquelle vous avez été élevée.... Quand vous me montrez le trouble et les al-

larmes qui marchent à la suite de l'é-
tat périlleux que j'ai embrassé, lorsque vous me peignez, dans un jour
si favorable, le bonheur qui semble
m'attendre dans une situation moins
agitée, mon cœur se trouve d'accord
avec le vôtre, et en m'invitant à changer cet état de chose contre un meilleur, vous ne faite que prévenir les
propositions que je voulais vous faire
moi-même.... Vous m'offrez la féli-
cité, il me semble déjà la respirer
dans l'atmosphère qui vous environne,
je la lis dans vos yeux, je la vois sur
votre bouche, et je viens la chercher
à vos pieds.

ERNESTINE.

Que faites-vous, seigneur? Quoi,
à mes genoux ?

TONNERRE.

Femme céleste! j'y veux mourir si vous ne me permettez pas d'y vivre.... je vois votre émotion, votre main tremble dans la mienne, une larme roule dans vos yeux.... Ernestine, dites que vous êtes à moi, prononcez un *oui* enchanteur, et j'abandonne les sentiers que vous regardez comme criminels, je reviens pour toujours à ce que vous nommez la vertu.... Je rentre dans le sein de la société, où plutôt loin de ces climats asile du vice déhonté, j'en vais créer une autre, basée sur l'amour, la bienfaisance, l'humanité, vous en devenez la souveraine, et dans cette paix profonde de l'âme, dont vous m'avez si bien tracé les douceurs, nous vivrons ensemble pour goûter un bonheur inaltérable et rendre heureux tout ce qui nous environne.

Ernestine avait écouté cet étrange discours avec plus de surprise que de courroux ; son cœur devenait pour elle-même un énigme dont elle ne pouvait trouver le mot ; elle eut rejeté de tout autre un pareil aveu avec l'indignation la plus prononcée, et elle écoutait sans frémir le jeune bandit.... que dis-je, le tableau qu'il lui offrait semblait sourire à son imagination ; cependant le capitaine était toujours à ses genoux, il tenait sa main qu'il couvrait par un long baiser ; elle le releva avec un certain tremblement qui avait quelques charmes.

ERNESTINE.

Je vous ai écouté sans colère, sei.

gneur, parce que sans doute vous êtes dans l'erreur.... je dois pardonner une insulte.... involontaire. ...
Sachez donc que ma main appartient pour jamais à un autre homme.

TONNERRE, *avec indignation.*

A un scélérat, indigne de vos bontés.

ERNESTINE.

Que dites-vous ?

TONNERRE.

Je dis vrai, madame, Marterio m'a tout avoué, vous êtes sa femme.

ERNESTINE.

Sa femme, moi ! le monstre vous a trompé.

TONNERRE, *avec un transport de joie.*

Ernestine serait libre !

ERNESTINE.

Non : un nœud sacré m'enchaîne au comte Adolphe.

TONNERRE, *avec fureur.*

Au comte Adolphe?... autre scélérat, je lui percerai le cœur.

ERNESTINE.

Adolphe est le plus vertueux des
hommes.

TONNERRE.

N'importe, il est mon rival.

ERNESTINE.

C'est le père de mon fils.

TONNERRE, *avec surprise.*

Vous avez un fils ?

ERNESTINE.

Jugez si je puis être à vous ?

TONNERRE, *après un silence.*

Eh bien ! je resterai dans cet état
infâme dont vous vouliez me retirer,
je continuerai d'abhorrer les hommes,
et, puisque je ne puis trouver le bonheur dans cette société dont les lois

cruelles me rejettent, j'emploierai
ma vie à la persécuter...*(avec délire.)*
Plus de pitié, plus de générosité ?....
Je frapperai toutes les victimes qui
s'offriront à mes coups.... Et trem-
blez.... cet odieux Adolphe, votre
fils, vous-même, peut-être, vous serez les premiers dévoués à ma rage...
(avec plus de calme.) Vous pleurez,
Ernestine, vous me regardez avec
une tendre compassion.... quel ange
êtes vous donc ? quel pouvoir inconnu
avez vous sur mon âme ?.... A peine
ai-je vu couler vos larmes que ma fureur s'éteint, que mon cœur féroce
est attendri. ... Hélas ! je le sens. ...
je suis né pour l'infortune.... elle m'a
frappé dès mon enfance.... En naissant je n'ai point eu le premier plaisir que la nature offre à tous, je n'ai

point reçu les caresses d'un père , je n'ai point senti les douces larmes d'une mère couler sur mon berceau, mes yeux n'ont jamais joui du tendre sourire maternel.... né au sein d'une forêt, ce sont les rugissemens des bêtes féroces et non les chants d'allégresse qui ont signalé mon entrée dans le monde ; le feu du ciel a éclairé mon berceau... les éclats de la foudre on dit à la terre tremblante : c'est un être destructeur qui vient de voir le jour.... Ma mère , hélas !.... elle a perdu la vie en me la donnant.... le tonnerre vengeur en déchirant son sein l'a punie de s'être ouvert pour produire un monstre.

ERNESTINE, *avec le plus grand trouble.*

Que dites-vous ? vous êtes né dans une forêt ?

TONNERRE, *d'un ton toujours sombre.*

Oui.

ERNESTINE.

Au milieu d'un orage ? parmi les éclats du tonnerre ?

TONNERRE.

Oui.

ERNESTINE.

Était-ce dans le Tyrol?

TONNERRE.

Dans le Tyrol.

ERNESTINE.

A la fin de juin 1732.

TONNERRE, *l'examinant avec inquiétude.*

Sans doute...Mais d'où savez-vous.. Vous vous troublez, madame ?

ERNESTINE, *avec explosion et en pleurant.*

Mon cœur ne me trompait donc

pas, et la nature parlait au tien...Tu
es mon fils !....

TONNERRE, *avec surprise, doute,*
et joie.

Vous , ma mère ?....

TOUS DEUX, *en s'embrassant.*

O bonheur ineffable !....

Dans cet instant le salpêtre en-
flammé détonne dans les airs, une
vive fusillade paraît s'engager, des
cris aigus se font entendre de toutes
parts; Rabican hors d'haleine paraît.

RABICAN.

Aux armes, maître, une troupe
armée et nombreuse a culbuté nos
avant-postes, la forteresse est cernée
de toutes parts, nos braves surpris
ont de la peine à se rallier; dans ce
péril extrême, ta voix seule pourra
se faire entendre au milieu du désordre

dre.... Viens, il n'y a pas un instant à perdre, ou nous périssons tous.

TONNERRE, *avec le feu du cou-*
rage.

(A Rabican.) Je marche à votre tête.... *(A Ernestine.)* Ne craignez rien, ma.... madame, dans un instant j'aurai renversé ceux qui osent nous attaquer, et je reviens près de vous chercher le prix de la victoire.

Ernestine était tombée pâle et tremblante dans un fauteuil, le jeune capitaine met un genou en terre, lui baise la main, et, emporté par son courage, sort en agitant sa redoutable épée....

CHAPITRE XIII.

Combats. — Revers. — Malheurs inattendus.

Adolphe éprouva d'abord le délire le plus complet et le plus allarmant, à la fin , la nature fatiguée de tous les efforts extraordinaires qu'elle venait de faire, lui permit de se livrer au repos : le sommeil , ce doux réparateur de tous les maux, versa sur les blessures de son âme un baume adoucissant.

Après quelques heures de ce bienfaisant repos, il se réveilla comme après un songe; ce qui était arrivé échappait à sa mémoire, il ouvrit les yeux avec quelque peine, et les promenant dans l'obscurité qui régnait dans sa chambre, il distingua bientôt le pasteur Gutman et la baronne de Burbach ; ils étaient arrivés depuis deux heures du château de Burbach dans le Tyrol.

Adolphe leur tendit la main en sou-riant.... « Il nous est rendu ! ô mon » Dieu ! je te te remercie ; s'écrièrent à la fois le pasteur et la baronne. »

Cette exclamation et une douleur vive qu'Adolphe éprouva à la tête en voulant se lever, lui rendirent la mé-moire ; il se rappela son accident fu-neste , sa perte plus funeste encore : « Où est Ernestine, s'écria-t-il , où est-» elle ? dites-le moi, où j'expire à vos » yeux. »

« J'ai retrouvé sa trace , cria le jeune Rosberg en entrant dans la chambre du malade.

« — Serait-il possible ? — Oui,
» nous la reverrons avant peu, cher
» Adolphe, tranquilisez-vous, et comp-
» tez sur mon amitié. — Comment
» as-tu fait cette découverte ? — De-
» puis le fatal événement, je soupçon-
» nais que les rochers de la solitude
» pouvaient avoir une issue dans la
» campagne ; je les parcours avec
» soin, je découvre un passage, il
» me conduit dans un souterrain hu-
» mide et encombré de débris; j'y mar-
» che long-temps à tâtons, tout à coup
» un ruisseau assez rapide me barre le
» passage, je le franchis : alors je dis-
» tingue dans le lointain un faible
» rayon de lumière, il me guide, j'a-
» vance en bravant tous les obstacles:
» au bout d'un quart-d'heure je re-
» vois le jour et je me trouve au mi-

» lieu de l'aqueduc romain. En pén ;
» trant dans les ruines de cet édifice, je
» crois entendre des soupirs et des san-
» glots, je prête attentivement l'oreille,
» ils deviennent plus distincts; je m'a-
» perçois qu'ils partent d'un caveau
» fermé par une porte de fer; je m'ap-
» proche, je tire mon épée, j'ébranle
» la porte, je fais tomber le ciment,
» usé par l'âge, qui retient une forte
» serrure rouillée, la porte s'ouvre, et
» deux hommes tombent à mes genoux
» en criant merci. »

« Je les relève, je les encourage,
» je les assure de ma protection; re-
» venus un peu de leur frayeur, ils
» me racontent qu'ils sont victimes
» d'une vengeance atroce : Ernestine
» seule m'occupait, son nom sort de

» ma bouche.... — Ernestine ! s'écrie
» l'un des deux prisonners , Ernestine,
» c'est elle que vous cherchez ?... et
» nous c'est en voulant la défendre
» que nous avons mérité la haîne d'un
» monstre. — Et ce monstre c'est....
» — Tonnerre de Dieu. — Ce jeune
» et audacieux brigand, dont la tête
» est mise à prix ? — Lui-même : dès
» long-temps amoureux d'Ernestine ,
» il a pénétré dans votre parc en s'in-
» troduisant dans les rochers qui
» avoisinent ces ruines, il a rencontré
» cette femme infortunée , il l'a saisie,
» enlevée.... Le hasard nous rendit
» témoins de cet attentat, nous étions
» alors dans la campagne, nous voulû-
» mes défendre l'innocence, le nombre
» l'emporta sur le courage, nous fûmes
» renfermés dans ce cachot, et sans

» vous, signor, nous périssions imman-
» quablement par le supplice le plus
» long et le plus cruel (*). — Où est
» ce scélérat ? qu'a-t-il fait d'Ernes-
» tine ? — Il l'a renfermée , reprit le
» second prisonnier , dans le château
» de l'abbé de Saint Gall , envahi
» depuis peu par ce redoutable bri-
» gand, et qui lui sert de forteresse.»

« Après cette déclaration , je m'em-
» presse de sortir de l'aqueduc, je me
» fais suivre par ces deux hommes ,
» je rentre dans le parc et me voici ,
» mon cher Adolphe , prêt à marcher
» à le tête de vos gens , à escalader

_____

(*) Le lecteur ne manquera pas sans doute d'ob-
server que tout ce récit est un conte improvisé par
les deux perfides agens de Brunstbar , que Tonnerre
avait juste ment punis par la peine du talion , en les
enfermant dans les ruines de l'aqueduc.

» le repaire du jeune bandit, à le
» combattre corps-à-corps, et à lui
» ravir sa proie, pour la remettre
» dans vos bras. »

« Non, dit Adolphe, en s'élançant
de son lit, « ce n'est point toi, Ros-
» berg, qui combattra ce scélérat, ce
» n'est point toi qui le livrera à la
» justice.... Il s'agit de sauver Ernes-
» tine, j'ai retrouvé mes forces, je
» veux délivrer mon amie, ou périr
» avec elle. »

On eut beau faire des remontrances
au jeune comte, il ne voulut en écouter aucune : le tocsin sonna au château, tous les vassaux se rassemblèrent,
les sbirres chargés par le conseil des inquisiteurs d'arrêter le bandit, et les seigneurs voisins avertis par la circulaire
du gouvernement Vénitien, se réuni-

rent à eux : Adolphe, bouillant de colère, donna à peine le temps de panser
sa blessure qui se trouva heureusement
plus profonde que dangéreuse ; il
monta son meilleur coursier, et, suivi
du brave Rosberg, il fit ses adieux au
digne pasteur et à sa tante la baronne,
leur promit de leur ramener leur Ernestine, et, avant le coucher du soleil, se trouva à la tête d'une espèce
de petite armée sous les murs du château défendu par Tonnerre.

C'était donc Adolphe qui assiégeait
la forteresse ; c'était un époux qui,
en réclamant son épouse, venait s'exposer au plus imminent danger ; c'é-
tait un père qui, sans le savoir, était
armé contre son fils, qui brûlait de
verser ce sang pour lequel il aurait
donné tout le sien s'il avait pu en

9 *

connaître le prix , qui faisait serment
de livrer à la hache d'un bourreau
une tête chérie qu'il aurait sauvée
aux dépens de sa tête..... Et la nature
était muette ! un frémissement secret
ne l'avertissait pas que c'était son propre cœur qu'il allait déchirer... O mystères du destin ! ô aveuglement des
hommes !... ils marchent vers un but ,
une main invisible les détourne vers un
autre ; roulans au hasard sur le fleuve
de la vie , ils s'imaginent toucher au
rivage , ils l'appellent par leurs vœux,
ils le saluent par leurs cris de joie ,
ils touchent enfin les bords si dési-
rés.... O ciel !.... c'est une côte enne-
mie qui s'était montrée au milieu des
nuages fantastiques , c'est la mort
qu'ils rencontrent où ils croyaient saisir le bonheur.

Telle était l'illusion du pauvre Adolphe : qu'avait-il fait au ciel pour mériter le sort qui l'attendait ? quelle situation fut jamais plus étrange et plus déplorable que la sienne ?....

Les avant-postes des bandits ayant été culbutés, comme nous l'avons vu dans le Chapitre précédent, l'intrépide Tonnerre avait rallié ses satellites, et s'était porté au premier cri d'allarme à l'endroit le plus périlleux : presque aussitôt un parlementaire se présenta à la porte du château, le pont-levis se baissa, et il fut introduit auprès du maître auquel il remit sa dépêche ; le jeune héros l'ouvrit, elle contenait ces mots :

« Audacieux bandit,

» Ta retraite est cernée, une force » imposante l'environne, des troupes

» nombreuses sont en marche pour se
» réunir à nous, tu ne peux échapper ;
» toi et le petit nombre de brigands
» qui t'accompagnent, vous périrez
» tous. Il n'est pour toi qu'un seul
» moyen de salut, je te l'offre. Une
» femme a été enlevée par tes satellites
» dans les ruines Romaines, je veux
» épargner à ses yeux l'image d'un
» combat, les allarmes et les dangers
» d'un siège. Rends-moi Ernestine :
» dès que la nuit aura étendu ses voi-
» les, viens seul avec elle à la petite
» porte du Nord, tu y trouveras de
» l'or, un libérateur et un guide fidèle ;
» il te conduira sur les bords de l'A-
» driatique, une barque sera préparée
» pour te recevoir. Crois-moi, évite la
» mort infamante qui te menace, et
» va porter dans un autre climat, une

» tête justement proscrite par les lois
» de ton pays, que tu outrages depuis
» trop long-temps.

    » Le chef des troupes seigneuriales
       et Vénitiennes. »

En lisant ce billet, l'indignation,
la fureur et l'ironie se peignaient tour-
à-tour sur la figure du fils d'Ernestine.
Livrer sa mère, la remettre peut être
entre les mains de son ennemi, se
rendre lui-même lâchement et sans
combattre, et recevoir la vie pour
prix de son infamie ? Quelle indigne
proposition ! Sa réponse fut bientôt
faite. La voici.

» On ne m'arrachera Ernestine
» qu'avec la vie. Tonnerre ne s'est
» jamais rendu ; il sait mourir, et
» ne sait pas trahir ses braves cama-
» rades. Le chef des indépendans. »

On conçoit que la conversation du
jeune capitaine avec sa mère , inter-
rompue par l'attaque du château ,
n'avait pu lui faire connaître précisé-
ment quels étaient les amis et les ennemis de celle qui lui avait donné le
jour ; il ne savait pas non plus qu'A-
dolphe , que son père , qu'il n'avait
jamais vu, et dont le nom venait pour
la première fois d'être prononcé devant lui , fut à la tête des assaillans ;
et , par une circonstance bien fatale,
le comte , en voulant délivrer son
épouse des dangers qui l'auraient en-
vironnée dans cette lutte sanglante,
et à ce prix, sauver les jours du jeune
bandit, avait jugé prudent de ne pas
signer sa proposition , dans la crainte
de se trouver compromis par cette
condescendance auprès du sénat de

Venise et des auxiliaires, qui venaient de lui conférer le commandement gé-ral , tant à cause de sa bravoure con-nue , que de l'injure personnelle qu'il avait à venger.

Telles étaient donc les fatales cir-constances qui entraînaient cette fa-mille intéressante et infortunée vers une perte certaine.

L'attaque commença le soir même, aussitôt qu'Adolphe eut reçu la ré-ponse à son message.

Le château assiégé était situé sur une hauteur à laquelle on ne pouvait parvenir que par une gorge protégée par un mur crénelé et garni de meur-trières ; en avant de la porte d'entrée, se trouvait une espèce d'ouvrage irré-gulier , fabriqué après coup pour la défendre de l'enfilade. Le corps de la

place n'avait qu'une simple chemise,
il était naturellement défendu par une
vallée profonde , hérissée de quartiers
de roc ; un seul endroit du mur avait
été dégradé par le temps : c'était par
là que le jeune capitaine avait donné
l'escalade et emporté le château ; mais
depuis il avait fait prudemment réparer cette brêche. A l'extrémité nord ,
existait un fort beaucoup plus vieux
que le reste des édifices ; on y parve-
nait par un étroit pont-levis, et il était
entièrement environné d'eau. Ce fut
là que le capitaine donna l'ordre de
transférer les prisonniers et Ernestine,
pour les mettre à l'abri de la fusillade ;
il les confia aux soins particuliers du
vieux Brunto , qu'il établit comman-
dant du fort, en lui recommandant les
plus grands égards pour la prisonnière,

et la plus sévère vigilance sur les prisonniers.

L'attaque de nuit, conduite par Rosberg, s'engagea dans la gorge, en avant de la grande porte d'entrée ; la mousquetade des bandits, dirigée par l'impétueux Rabican, fit beaucoup de mal à l'ennemi. Rosberg les chargea trois fois en personne, baïonnette en avant, sans pouvoir les débusquer; à la troisième, il fut blessé grièvement au bras gauche. Cet accident enleva une partie de l'assurance qu'il communiquait à sa troupe; ce brave jeune homme se vit forcé de se retirer du champ de bataille. Les soldats, sans chef, suivirent ce mouvement retrograde; Rabican, en capitaine habile, profita de ce désordre, fit une sortie

vigoureuse, culbuta la troupe de Rosberg, et la mena battant jusqu'à l'entrée de la plaine. Son courage et
l'entraînement d'un demi-succès l'a-
vaient mené trop loin, il trouva en
cet endroit Adolphe en personne ; le
comte, s'étant aperçu du petit échec
de son avant-garde, et instruit de la
blessure de son ami, accourait à son
secours avec un renfort considérable
de troupes fraîches qui n'avaient pas
donné de toute la nuit. Adolphe re-
conduisit Rabican à coups de sabre,
vers la gorge, beaucoup plus vîte
qu'il n'était venu. Cet intrépide lieutenant de Tonnerre y trouva la mort au
pied de son retranchement, qu'il avait
eu la témérité de quitter, et en présence de son jeune capitaine, qui s'é-
tait porté de sa personne jusques sur

l'ouvrage formant la défense de la grande porte.

Dans cet instant fatal, le jour commençait à paraître ; notre jeune héros, témoin de la chûte de son brave lieutenant, distingue, dans la mêlée, le vaillant Adolphe, à l'instant où il immolait Rabican de sa propre main ; à sa noble audace, aux coups brillans qu'il portait, il ne peut méconnaître le chef des assaillans : « C'est toi, lui crie-t-il d'une voix formidable, « c'est » toi qui m'a proposé un rendez-vous, » me voilà à tes ordres ; sachons qui » de nous deux a le droit de dicter des » conditions à l'autre. » En disant ces mots, il saute sur son cheval de bataille, descend de l'ouvrage avancé, et s'élance au galop vers l'intrépide Adolphe, qui l'attend à la portée du pistolet , en se raffermissant sur ses étriers.

Que vas-tu faire , malheureux enfant? Tu ne connais pas celui que tu attaques ! Tu ne sais pas tout le prix du sang que tu es avide de verser ! Tu portes la mort à ce brave , et c'est lui qui t'a donné la vie ! Que vois-je ? la fureur est peinte sur la figure d'Adolphe , il mesure des yeux son superbe adversaire , ses lèvres se contractent, la rougeur du courage anime son front , sa main saisit un pistolet. Arrête, Adolphe ! la nature ne devrait-elle pas retenir ton doigt sur la détente fatale. C'en est fait, l'éclair brille , le coup part, la balle siffle , et coupant en deux le panache blanc du jeune chef des indépendans , renverse son kolbac dans la poussière , et laisse sa

tête découverte, exposée aux coups du
sabre qui déjà voltige autour de lui.
Notre héros, étourdi par cette prompte
attaque , et peu accoutumé à se voir
prévenu , chancelle sur son cheval ,
qui se cabre , et , par ce mouvement,
sauve la vie de son maître ; le généreux coursier reçoit le tranchant du
sabre sur la tête, et la lisse blanche qui
la divise avec grace , se rougit de son
sang. Tonnerre profite de cet instant de
répit , le salpêtre s'enflamme dans le
tube de fer qu'il tient à la main , le
plomb, mieux dirigé, atteint le général
des assaillans à la cuisse droite, le sang
d'Adolphe coule à grands flots , la
terre en est humectée, le kolbac et le
panache du capitaine en sont teints
dans l'arêne; Tonnerre , aussi adroit
que leste et calme , baisse son sabre

vers la terre, ramasse son kolbac avec la pointe , et le replaçant sur sa tête , fait une demi-volte , et revient croiser le fer avec son ennemi , furieux de la blessure qu'il a reçue.

Est-ce le fils qui va tomber sous les coups du père ? est-ce le sein du père qui va être percé par la main de son fils ? Quelque soit l'issue de ce combat horrible , la nature outragée frémit , sa tête se voile d'un crêpe funèbre , et la mort, qui plane dans les airs , insulte à sa douleur par un regard farouche.

Les deux partis, fidèles imitateurs de la fureur de leurs chefs , s'approchent, se serrent à l'arme blanche , et forment une mêlée horrible. Bientôt la terre est jonchée au loin de lances brisées, de tronçons de glaives ensan-

glantés, de membres épars et mutilés ;
chacun se choisit un champion , et
l'attaque corps à corps. Le fer étincelle , froissé par le fer ; le fantassin
tombe frappé en même temps que son
ennemi , entraîné dans sa chûte ; les
chevaux mourans sont culbutés sur
leurs cavaliers, écrasés de leurs poids;
la mort , sous toutes les formes , vole
de rang en rang , les échos répètent
au loin , dans la vallée, les cris des
blessés , horriblement mariés aux
chants des vainqueurs , et les cada-
vres , souillés de sang , et couchés
dans la poussière , semblent sourire
encore au coup glorieux qui les a fait
tomber, ou braver la main qui les a
frappés , en laissant lire , sur leurs
traits défigurés , la colère et la menace.

Trois fois Adolphe et le capitaine
sont séparés par les flots tumultueux
des combattans, trois fois ils se cher-
chent de l'œil, s'aperçoivent, se dé-
fient à grands cris, et se rejoignent
dans la mêlée. C'est envain qu'un
Dieu protecteur semble les arrêter et
vouloir leur épargner un crime en les
séparant, le destin implacable les en-
traîne l'un vers l'autre, les rapproche,
les réunit, l'instant est arrivé où l'un
de ces fiers adversaires doit frapper le
coup fatal et inévitable qui les tuera
tous deux.

Cette scène se passait dans l'intérieur du château, sur le glacis du
petit fort où Tonnerre avait été entraîné malgré lui par le torrent dés
fuyards, qu'envain il voulait rallier.
Le capitaine, sentant bien que la mort
de

de leur chef pouvait seule arrêter ses ennemis, et rendre le courage à ses braves, succombans sous le nombre, réunit toutes ses forces, et porte un coup terrible sur la tête de son adversaire ; le comte était perdu : un sabre étranger pare cette attaque, ce sabre est brisé en pièces par l'impétuosité du coup ; c'était celui de Rosberg, que son amitié pour Adolphe ramenait sur le champ de bataille, après s'être fait panser à la hâte.

Tandis que notre héros relève son épée, le comte saisit le temps, et lui présente la pointe de la sienne ; le cheval de l'indépendant la reçoit dans le flanc droit, le malheureux et noble animal pousse un long gémissement, son sang coule par terre à grands flots par sa large blessure, et dans le mo-

III. 10

ment où le glaive retiré en sort tout fumant , il chancelle, se renverse sur son jeune maître , et semble encore , en mourant, vouloir le protéger de son corps. Le comte saute à terre, prend son dernier pistolet, l'arme, en appuie le bout sur le front du vaincu. C'en était fait. Une voix céeste semble partir des nuages. « Arl» rête , dit la voix , c'est ton fils. » Adolphe, surpris, lève les yeux vers le ciel, et distingue, à travers la fumée, son Ernestine, étendue sur le parapet du fort, et lui tendant les bras. Eperdu, hors de lui , il quitte son adversaire, il veut, en se cramponnant aux chaînes du pont-levis , parvenir jusqu'à sa bien - aimée. O terreur nouvelle! un roulement effroyable se fait enendre , le salpêtre , amassé dans les souterrains, s'enflamme tout-à-coup, la terre mugit, les murs du fort s'écroulent avec un fracas épouventable, et roulent sur leurs débris les corps de ceux qu'ils renfermaient. N'écoutant que son amour, l'époux d'Ernestine s'élance dans les décombres, la cherche, la trouve, l'enlève de ce lieu d'horreurs.

La mort a respecté ses jours, elle n'a reçu que plusieurs fortes contusions; mais sa tête est exaltée, sa figure livide, ses yeux égarés, ses bras roidis s'étendent en avant avec des mouvemens rapides et convulsifs. Elle s'écrie dans son délire. « Je vois le tigre, » le voilà; il va déchirer ses petits. » Arrête, te dis-je, c'est lui... c'est » ton fils... Il ne m'écoute pas . . . il » frappe. . Arrête, tigre. » A ces discours sans suite , et plusieurs fois répétés , Adolphe ne s'aperçoit que trop que son Ernestine a de nouveau perdu la raison. Hélas ! cette fois , serait-ce pour ne la recouvrer jamais ?

Adolphe, en sauvant sa bien-aimée, a oublié son courageux ennemi. Je dis son ennemi, car d'après l'égarement de son épouse, malgré son cri de désespoir , il peut douter encore que ce soit son fils. Rosberg a fait rendre les armes à l'infortuné capitaine , il l'a remis entre les mains des satellites de l'inquisition de Venise. Il ne sait pas , ce bon Rosberg, qu'en livrant celui qu'il croit un ennemi , il va percer le sein de son ami fidèle. Tous les bandits sont morts , blessés , prisonniers ou en fuite ; la forteresse entière n'est plus qu'une vaste ruine , elle retentit des cris lugubres des mourans. Le fils d'Henriette se hâte de donner des ordres pour qu'on la quitte Par ses soins, Adolphe, presqu'aussi souffrant que son Ernestine, est transporté avec elle à Montefresco , où ils retrouvent l'intéressante Julia , le malheureux pasteur et l'inconsolable baronne. En même temps , l'infortuné Tonnerre , garrotté comme un scélérat, est conduit à Venise , et jeté dans un des plus sombres cachots de l'inquisition.

~~~~~~

CHAPITRE XIV.

Tableau horrible de la mort des scélérats.

CEPENDANT Rosberg, après avoir escorté son ami et la malheureuse Ernestine jusqu'à Montefresco, se remit sur-le-champ en campagne pour empêcher les restes de la troupe des indépendans de se rallier, et de faire retraite. Il détacha son infanterie dans l'intention de leur couper le chemin des lagunes dans lesquelles ces malfaiteurs pourraient chercher un asile, et, à la tête de sa cavalerie, qu'il divisa par petits pelotons, il battit la plaine, fit reconnaître tous les bois, en dirigeant sa marche sur le château de

l'abbé de Saint-Gall, et, par cette ma-
nœuvre, parvint à ramasser tous les
ennemis blessés ou égarés.

Le lendemain, de grand matin, il
fit halte dans un petit hameau, non
loin du château saccagé, auprès d'une
vaste rizière; il distribua sa troupe
dans les différentes cabanes, pour
donner à ses soldats un peu de repos
dont ils avaient grands besoin, et
choisit, pour son quartier, une maison
isolée, la plus apparente de ce petit
village. A son entrée, la maîtresse de
cette maison vint lui apprendre que
les paysans, guidés par la pitié, s'é-
taient portés la veille sur les ruines du
fort, qu'ils avaient retiré, des décombres, quelques blessés auxquels elle
avait accordé l'hospitalité. Rosberg
se fit conduire sur-le-champ vers une

grange où ces blessés avaient été dépo.
sés ; il aborda le premier qu'il trouva
gissant sur la paille, ayant les deux
cuisses rompues , c'était un vieillard
dont le visage , dur et sombre , était
couvert d'une barbe épaisse. « Qui es-
tu ? lui demanda Rosberg ? «—Qui es-
» tu toi-même, pour m'interroger ? ré·
pondit le blessé. «—Un des vainqueurs
» du formidable Tonnerre.—Et moi ,
» son lieutenant, répliqua le vieillard;
» celui qui t'a arraché tous les fruits
» de la victoire, en faisant sauter, avec
» la forteresse confiée à mes ordres,
» tous les ennemis de mon maître
» qu'elle renfermait. — Quelle horri-
» ble vengeance ! — Je n'ai fait que
» mon devoir : quand on a perdu
» l'espoir de vaincre , il faut avoir le
» courage de mourir. — Misérable !

» Et tous ceux que tu as enveloppé
» dans cette proscription ? — Le mé-
» ritaient. Vas voir ce coquin de
» Brunstbar, expirant à l'autre bout
» de cette grange, il t'en dira des
» nouvelles. — Quoi ! le méchant
» Brunstbar !—Lui-même. Je n'ai plus
» qu'un mot à te dire; mes actions
» me meneraient à l'échafaud, n'est-ce
» pas ? si la mort, que je sens appro-
» cher, ne m'affranchissait de cette
» honte ; conviens-en, jeune homme,
» si, au lieu d'être l'ami de ce que
» vous nommez un brigand, j'eusse
» été l'esclave doré d'un des puissans
» usurpateurs de la terre, ce qui m'est
» imputé à crime, deviendrait aujour-
» d'hui mes titres à l'apothéose. Qu'est-
» ce donc que la gloire ? »

En disant ces mots, le vieux Brunto

10 *

(car c'était ce brave lieutenant de Tonnerre qui parlait à Rosberg) se retourna sur le côté droit, en faisant un éclat de rire convulsif, et bientôt après quitta la vie sans la regretter.

Rosberg ne s'amusa pas à interroger les autres malheureux que renfermait cette grange, théâtre de douleur : presque tous étaient des subalternes obscurs et peu intéressans; il se fit conduire sur-le-champ auprès de ce Brunstbar, dont il connaissait tous les crimes, par le récit des aventures de son ami Adolphe, ne soupçonnant pas que ce méchant homme était son père.

Il le trouva couché sur un grabat, la figure enveloppée de linges, par suite de la première blessure qu'il

avait reçue l'orsqu'Ernestine avait été
enlevée de ses mains ; son corps était
brûlé, retiré, mutilé, et il éprouvait,
dans tous ses membres, d'horribles
douleurs, avants·coureurs certains de
la mort la plus affreuse.

Rosberg fut très - surpris d'aper-
cevoir, à ses côtés, les deux hommes
qu'il avait trouvés dans les ruines de
l'aqueduc, et qui lui avaient signalé
Tonnerre comme le ravisseur d'Ernestine. A l'instant où il approchait
du grabat, l'un de ces deux hommes
cachait avec précipitation une cassette
d'ébène ; Rosberg aperçut ce mouvement, se saisit du petit coffre, en fit
sauter la serrure : il était plein de diamans. Un papier plié frappa ses regards, il le déploya ; qu'on s'imagine

sa surprise en voyant ces mots tracés
par une main tremblante.

« A Henriette Voltraf.

» Serait-il possible, Henriette, qu'il
» y eut véritablement un Dieu ven-
» geur qui punit le crime et récom-
» pensa la vertu, comme tu me l'as
» rabaché cent fois? Le moment se-
» rait-il arrivé où je dois, à mes dé-
» pens, éclaircir ce doute? Depuis
» quelque temps tout semble tourner
» contre moi ; mes projets les mieux
» concertés avortent, une puissance
» surnaturelle semble vraiment se
» mêler des affaires de Brunstbar.
» Ne voilà-t-il pas que, par un pro-
» dige, cette petite sotte d'Ernestine,
» que je croyais tenir enfin, vient de
» m'échapper ! Cet Adolphe, que je
» croyais à tous les diables, a reparu,

» est tombé près de moi comme une
» bombe; je ne sais quel hasard m'a
» poussé le bras, j'ai percé le cœur
» de la comtesse Hildegonde, ma seule
» et véritable amie, en cherchant à la
» défendre ; ce poltron de docteur Ri-
» fleman , en voulant fuir le danger ,
» suivant sa louable coutume , s'est
» cassé la jambe ; quant à moi, une
» maudite balle de pistolet m'a brisé
» l'os maxillaire. Il n'y a que cette co-
» quine de Margara qui se soit tiré
» saine et sauve de cette bagarre.
» Patience , son tour viendra , si ton
» Dieu est juste comme tu le dis ,
» douce Henriette ! Pour comble de
» malheurs , j'ai à mes trousses toute
» la canaille des sbirres de Venise
» pour ces faux billets fabriqués il y
» a plus de dix ans : ces gens-là ont

» une mémoire infernale. Plaisanterie
» à part, je ne sais comment je me
» tirerai de cet *imbroglio ;* et comme
» d'une minute à l'autre, il serait pos-
» sible que je descendisse *incognito*
» dans l'abîme du néant, ou de l'éter-
» nité, comme tu voudras le nommer,
» pour chercher le mot de la grande
» énigme ; comme je me rappelle que
» toi seule, Henriette, tu m'as rendu
» père, que mes collatéraux sont tous
» de trop honnêtes gens pour hériter
» d'un coquin comme moi, que mon
» fils, au contraire, doit, si je ne me
» trompe, marcher dans la bonne
» voie, puisqu'à dix ans il était déjà
» associé aux braves de la Forêt
» Noire, je t'envoie, pour lui, cette
» cassette de diamans, qui te sera
» remise après ma mort ; et je déclare

» que je reconnais Rosberg, notre fils,
» pour mon héritier unique et légi-
» time, lui faisant don, en tant que de
» besoin, de tous mes biens présens et
» à venir. »

Rosberg ne put en lire davantage.
« Quoi ! vous seriez mon père? dit-il,
en se jetant à genoux, auprès du grabat où gissait Brunstbar; « ouvrez les
» yeux, homme infortuné, voyez à
» vos pieds le fils d'Henriette Voltraf;
» conservez des jours qui me devien-
» dront bien précieux, si vous revenez
» à la vertu, rendez un époux à ma
» mère, un père à votre enfant, que
» la religion sanctionne votre union,
» et la vie entière de Rosberg sera
» consacré à embellir la vôtre. »

A ce discours, Brunstbar, jusques-
là insensible, roule, dans leurs orbites,

ses yeux ternes et égarés, et les fixe sur Rosberg; deux larmes de sang coulent sur ses joues décolorées. Il fait un violent effort, il articule ce seul mot : « Mon fils ! »

Hélas ! cet effort lui a couté le vie. L'os du menton se brise de nouveau, l'appareil qui le retient s'écarte, sa bouche se déchire, sa machoire inférieure est pendante, le sang en découle à flots pressés, le rale de la mort mugit dans sa poitrine. Il n'est plus.

Ainsi périt ce grand coupable. Il avait foulé aux pieds les lois de la nature et celles de la société; la société et la nature deviennent tour-à-tour ses bourreaux; il avait méconnu, avili, blasphêmé ce Dieu puissant qui tient dans ses mains nos frêles destinées, et sà destinée finit au moment peut-être où il était prêt à se reconnaître et à se sepentir. Pendant sa criminelle vie, il avait déchiré de mille manières le sein de ses victimes, et les tortures les plus poignantes déchirent le sien pendant une agonie longue, affreuse et plusieurs fois renouvellée. Ainsi le ciel ne laisse jamais le criminel sans punition, même durant cette vie passagère, et si l'on pouvait interroger la conscience des scélérats, il n'en est pas un seul qui ne déclarât que son enfer a commencé dans ce monde, à l'instant où il croyait saisir le bonheur, fruit de ses crimes, ou au milieu même des prétendues jouissances achetées aux dépends de son repos présent et futur.

Rosberg fit rendre à son père les

honneurs de la sépulture, il adressa
au Tout-puissant les prières les plus
ferventes, pour désarmer sa colère,
et arrosa de larmes sincères le mo-
deste gazon, unique ornement de sa
tombe. Il ne se contenta pas de ces
soins dictés par la piété filiale, il en-
voya à Venise les diamans que contenait la cassette, montans à une
somme considérable, et il donna
l'ordre à son chargé d'affaires de les
employer pour payer les faux billets
faits autrefois par Brunstbar, faire
casser l'arrêt qui le condamnait, et
réhabiliter sa mémoire.

Il nous reste à connaître la destinée de l'infâme Margara. Elle fut en-
sevelie sous les décombres du fort, ils
formèrent une espèce de voûte sous
laquelle elle vécut long-temps encore

pour périr d'une mort plus cruelle, et subir un supplice bien mérité par ses crimes : c'est du moins ce que Rosberg présuma lorsqu'au bout de huit jours on lui apprit que cette misérable femme avait été trouvée morte de faim et de rage dans les ruines ; son agonie avait été tellement épouventable, qu'elle s'était déchiré le bras droit avec ses dents et avait dévoré sa propre chair.

Le bon Rosberg, en revenant à Montefresco, n'y trouva plus son ami ni sa famille, ils s'étaient rendus à Venise avec Ernestine toujours dans le délire : le fils d'Henriette s'empressa d'aller les y rejoindre.

~~~~~~~~~~~~~~~~~~~~~~~~~~~~~~~~

CHAPITRE XV.

Le chant du cygne.

PLUSIEURS jours s'étaient écoulés depuis que le jeune et malheureux Tonnerre avait été jeté dans les prisons de
l'inquisition de Venise ; il était au
fond d'un cachot humide et profond
environné d'eau de tous les côtés ; il
n'apercevait le jour que par une petite
lucarne de quelques pouces carrés,
garnie en barreaux de fer et percée à
vingt pieds au-dessus de sa tête ; une
chaîne pesante enveloppant ses mains,
ses jambes et son corps, le fixait sur
une pierre qui lui servait à la fois et
de siège et de lit ; on lui apportait
pour toute nourriture, une seule fois

par jour , un morceau de pain noir et un peu d'eau fétide : son kolbach et son panache blanc , encore rougi du sang de son père , étaient restés à ses pieds, il croyait y voir un accusateur terrible et sans cesse présent qui lui reprochait son crime involontaire. Le jeune infortuné repassait sans cesse dans son imagination tous les étranges événemens de sa vie : proscrit avant de naître , trouvé dans une forêt , capitaine de brigands long-temps avant l'âge de la raison *sans le savoir* et *sans le vouloir ;* entraîné par des circonstances qu'il ne peut éviter ni combattre , il ne trouve pour précepteur qu'un fou dangéreux qui lui inculque les principes les plus funestes ; il croit suivre la route de la vertu , il s'égare dans celle du crime ; il croit être un guerrier, il n'est qu'un assassin , un vengeur de l'humanité, il en est le fléau ; un homme vertueux , il est criminel.... Le malheur avait dechiré le voile qui couvrait ses yeux , et sa conscience plus forte que son éduca-tion lui prouvait évidemment qu'il avait mérité la punition que les hommes et le ciel lui destinaient, et à la-quelle il ne pouvait échapper... Mais pourquoi ce ciel si juste l'avait-il égaré dans un dédale de crimes ? pour-quoi ne lui avait-il pas fait trouver plutôt un fil secourable pour l'en faire sortir? Amoureux de sa propre mère, il avait été sur le point de se souiller d'un crime affreux. Etait - ce sa faute s'il l'avait connue si tard ? quels démons avaient combiné les événe-mens de sa vie pour le conduire au

bord du précipice et armer son bras
contre l'auteur de ses jours ? par quelle
fatalité n'avait-il été reconnu de son
père qu'à l'instant même où cet adversaire si chéri allait lui percer le
sein ? pourquoi ce père l'avait-il abandonné à la justice comme un vil mal-
faiteur et sans chercher à le défendre ?
Comment se pouvait-il que cet Adolphe si brave , cette mère si tendre lui
fissent un crime de son ignorance ?
lorsque tout le monde le condamnait,
la nature ne devait-elle pas l'absoudre,
et quand la loi et les hommes étaient
prêts à le frapper , comment les auteurs de ses jours ne venaient-ils pas
auprès de lui , sinon pour parer le
coup, du moins pour en adoucir
l'horreur par leurs paternels embras-
semens ?

Telles étaient, pendant le jour, les réflexions de notre jeune héros, la nuit renouvellait son supplice d'une autre manière en lui retraçant, dans les songes les plus affreux, l'image de ses malheurs : les ombres de ceux qu'il avait immolés jadis en croyant servir la justice et frapper des coupables, semblaient se réunir pour le poursuivre ; il se réveillait en sursaut, une sueur froide mouillait son corps, alors le sommeil fuyait de sa paupière, où s'il venait une seconde fois la fermer, c'était pour reproduire les mêmes objets fantastiques sous des formes encore plus horribles.

Un matin, après une de ces nuits épouventables, fatigué par les tableaux affreux du passé, et n'apercevant plus dans l'avenir aucune lueur d'espérance d'espérance, voici comment il exprimait, par un chant triste et lugubre, son affreuse situation et les sentimens divers qui agitaient son âme.

CHANT DE MORT DU JEUNE TONNERRE.

Premier couplet.

Quels sont ces phantômes hideux,
Souillés de sang et de poussière,
Dont l'aspect a blessé mes yeux
A peine ouverts à la lumière ?...
J'ai bravé la mort, sans frémir,
A travers le feu, le carnage ;
Mon faible cœur doit-il gémir
Lorsqu'aujourd'hui je l'envisage ?

2.

Accourez, fiers indépendans,
Partagez l'ardeur qui m'enflamme,
Portons, au sein de nos tyrans,
La terreur qui flétrit mon âme ;
Que ce panache ensanglanté,
Soit le signal de la victoire :
La mort est l'immortalité
Pour celui qui tombe avec gloire.

3.

Pourquoi, de l'éclat du laurier,
Embellir les bords de l'abîme ?

III.

Et comment parler en guerrier
Dans le séjour honteux du crime ?
Quand j'envie un trépas plus beau,
Nos neveux ne pourront le croire ;
Pour moi, la hâche d'un bourreau,
Devient le burin de l'histoire.

4.

J'ai causé moi seul vos malheurs,
O vous à qui je dois la vie !
Vous versez à la fois des pleurs
Sur ma mort et mon infamie :
Ne suis-je pas assez puni
D'un crime, hélas ! involontaire ?...
Au moins que je meure béni
Par mon père et ma tendre mère.

« Oui, mon fils, je te bénis, s'écrie
Adolphe en se précipitant dans le cachot et en serrant l'infortuné dans
ses bras paternels ouverts pour la première fois. « — Quoi ! vous mon père?
» il serait possible?.... Oui.... c'est
» lui !... c'est le noble Adolphe.... Il
» me presse dans ses bras.... il me
» pardonne. — Te pardonner !....
» enfant malheureux avant que de

» naître, c'est ton père qui a besoin
» de pardon puisqu'il est le seul cou-
» pable... en cédant lâchement à sa
» passion, en te donnant le jour enfin,
» il a commis le véritable crime que tu
» expies, hélas ! si rigoureusement.»

Le comte versait un torrent de larmes, son malheureux fils hors d'état
de parler, pleurait ainsi que son père;
mais les larmes du premier étaient
causées par le repentir et la douleur,
elles étaient pénibles et déchirantes ;
celles du second avaient leur source
dans l'amour filial, et offraient à la
fois un mélange inexprimable de dou-
ceur et d'amertume.

Dès qu'Adolphe fut assez remis de
cette première émotion pour pouvoir parler, il s'exprima en ces termes :

« Hélas ! mon cher fils , je te le ré-
» pète, c'est ma faute, une seule et uni-
» que faute, qui a causé tous nos mal-
» heurs. .. le ciel m'en a cruellement
» puni!... Combien mon exemple doit
» faire trembler celui qui est prêt à s'é-
» garer au bord de l'abîme. .... Un
» échafaud pour mon fils !.... Le fils
» du comte d'Eisendorf? .... je ne
» puis supporter cette image.... elle
» me tue.... Et ta mère, mon Er-
» nestine ? Pourquoi la foudre ne
» m'a-t-elle pas seul écrasé ? qu'est-ce
» donc que la justice divine, puis-
» qu'elle frappe à la fois l'innocent
» ainsi que le coupable.... Oui, mon
» jeune ami, ta mère.... hélas !....
» elle est perdue pour toujours. —
» Que dites-vous ?... ma mère.... elle
» n'existerait plus ?.... — Elle vit,

» mais par un malheur plus difficile
» à supporter peut-être que la mort
» même, Ernestine à perdu la raison.
» — Ah! je suis la seule cause de ce
» malheur, je dois m'en punir...Frap-
» pez, grand Dieu ! me voilà prêt,
» et je quitte sans regret une vie pé-
» nible puisque j'ai embrassé mon
» père et que ma mort sauvera les
» jours de ma tendre mère. — Tu t'é-
» gares, mon fils, ta mort serait le
» signal de la sienne, tu dois vivre
» si tu veux que je respecte mes jours,
» si tu veux que ta mère retrouve la
» raison et le bonheur... Je n'ai qu'une
» minute à rester près de toi ; écoute,
» voici mon projet.»

« Fils du comte Adolphe d'Eisen-
» dorf, tu es né sujet immédiat du duc
» de Wurtemberg, et sous les lois de

» l'empereur d'Allemagne ; je connais
» le prince , je dis plus , j'ai mérité
» son estime , et ta tante la baronne
» de Burbach , est l'amie intime et
» la confidente de sa noble épouse :
» je cours auprès de lui , je lui racon-
» terai nos communs malheurs ; son
» âme généreuse s'attendrira, j'obtien-
» drai qu'il me conduise aux pieds du
» trône de notre auguste monarque, je
» demanderai à l'Empereur pour uni-
» que grace qu'il te reclame des états
» de Venise en qualité de sujet de l'em-
» pire ; je consentirai qu'il nous ren-
» ferme ensemble dans une de ses for-
» teresses , jusqu'à ce que ton cœur
» soit tout-à-fait purgé des affreux
» principes qui ont égaré ton en-
» fance. . . l'Empereur cédera à mes
» larmes, aux malheurs de ta digne

» mère, aux prières d'un grand prince,
» à la mémoire de ton aïeul qui l'a
» si bien servi dans ses armées.... Ma
» demande est accordée, je reviens
» te reclamer du gouvernement Véni-
» tien, j'ai le bonheur de briser tes
» fers, je rends un fils à sa mère,
» nous retournons en Allemagne, le
» temps et nos soins lui rendent la
» raison, la tienne s'est murie à l'é-
» cole du malheur, tu consacres ton
» bras et ton courage à ton roi et à ta
» patrie, je te guide moi-même dans
» les combats, tu reviens vainqueur,
» et nous terminons paisiblement no-
» tre heureuse carrière, au sein de
» l'honneur, de la nature, de l'a-
» mour et de l'amitié....— Quel ave-
» nir enchanteur !.... — Il ne nous
» appartient pas encore, mon fils,

» mais j'ai tout prévu.... Si par des
» événemens que je ne puis calculer ,
» je n'avais fait qu'un rêve heureux ,
» et que tous mes soins fussent im-
» puissans pour t'arracher au sort af-
» freux dont tu es menacé.... souviens
» toi , mon fils , du sang généreux
» qui coule dans tes veines..... il n'est
» point fait pour être versé sur un
» vil échafaud ; voici une liqueur
» dont l'effet est certain , je l'ai par-
» tagée avec toi , elle te servirait à
» t'affranchir de la honte , ma mort
» suivrait la tienne , j'échapperais par
» le même moyen à la douleur de sur-
» vivre aux seuls objets qui me sont
» chers.... l'honneur m'a dicté cet
» horrible plan.... jure moi , au nom
» de ce même honneur de le suivre
» avec fermeté. —Je le jure. »

Le comte eut à peine le temps de serrer la main de son fils, de lui glisser le présent fatal; le geolier, qu'il avait corrompu au poids de l'or, reparut, et Adolphe fut obligé de quitter le malheureux jeune homme sans pouvoir rien ajouter à ce qu'il venait de lui dire.

CHAPITRE XVI.

L'espoir fuit, la mort s'avance.

AVANT de partir pour l'Allemagne, le comte Adolphe, secondé par le pasteur Gutman et par la baronne de Burbach, avait obtenu, à force de sollicitations, et en répandant l'or avec abondance, que la mise en jugement du jeune chef des bandits, serait différée de quinze jours au moins. En conséquence, tous les complices de Tonnerre furent appelés tour-à-tour au tribunal des inquisiteurs, et condamnés à mort.

Le peuple, partout avide des spectacles qui l'émeuvent fortement, attendait avec impatience la condam-

nation du capitaine de la troupe, dont
le nom et les exploits avaient porté la
terreur jusqu'au sein de Venise. Déjà
la populace acccusait le sénat de
vouloir sauver ce grand coupable en
différant son exécution ; les têtes
fermentaient de toutes parts, on disait
hautement que la justice ne frappait
que les subalternes, que les chefs
puissans et riches trouvaient toujours
bien le moyen d'échapper à son glaive;
les sénateurs, gagnés par le comte,
tenaient bon, et différaient toujours
sous de nouveaux prétextes. Enfin,
le quinzième jour s'écoula. Point de
nouvelles d'Adolphe. Le pasteur et la
baronne redoublèrent leurs sollicitations; pour cette fois , elles ne furent
point écoutées : il parut dangereux,
aux plus hardis conseillers de l'inqui-

sition, d'irriter davantage le peuple,
et le dix-septième jour au matin,
le comte, n'ayant point paru, le jeune
Tonnerre fut cité devant le tribunal
suprême qui devait décider de sa vie
ou de sa mort. Le jugement ne fut
point douteux, ses attentats à l'ordre
public étaient trop nombreux, trop
prouvés, et quand bien même quel-
qu'un de ses juges eut osé pencher en
faveur de l'indulgence, ou même eut
cherché à ajourner l'affaire, le cri du
peuple lui aurait imposé silence, et
il se serait perdu sans pouvoir le sauver. L'infortuné se trouva donc sans
défenseur; il fut condamné à mort
d'une voix unanime, et l'exécution fut
remise au lendemain.

Qu'on juge de l'état déplorable dans
lequel se trouvait le pasteur et la ba-

ronne , en voyant un neveu , un fils ,
innocent par l'intention, quoique bien
coupable par le fait , prêt à périr par
un supplice infâme , sans pouvoir lui
donner aucun secours , sans pouvoir
même obtenir la permission de le voir,
et de verser dans son âme , à l'instant
de cette agonie terrible , le baume
bienfaisant des consolations divines.
Ce n'était pas tout , l'arrêt de ce jeune
infortuné n'était-il pas tout à la fois
celui d'Adolphe et d'Ernestine ? ne
les condamnait-il pas à périr le cœur
brisé par la douleur, où à traîner une
vie languissante dans le désespoir ,
les regrets et l'ignominie? Quelle situation plus déplorable que celle de
la tante d'Adolphe ? Et quel cœur fut
jamais plus navré que celui du père
d'Ernestine ?

Pendant qu'ils font ces réflexions infructueuses, l'aurore du dix - huitième jour a paru; l'échafaud est dressé au milieu de la place Saint-Marc, une foule d'hommes, qu'on croirait appartenir à un peuple d'antropophages plutôt qu'à une nation policée, se presse, se heurte pour entourer de plus près ce théâtre de sang et de douleur; ils sont avides d'interroger la figure de la victime, d'interprêter ses paroles, et, jusqu'à son silence, de saisir la dernière palpitation de son cœur, de graver dans leur mémoire le tableau rebutant d'une lutte sanglante entre la vie et la mort. Leur affreuse espérance sera trompée. Déjà les gardes environnent la porte de la prison, elle tourne en criant sur ses gonds énormes; l'exécu-

teur de la justice pénètre dans le cachot, il va saisir sa victime : ô surprise ! il ne trouve sous sa main qu'un
cadavre, Tonnerre ne respire plus, son
corps est déjà refroidi, son cœur a cessé
de battre.

Au milieu du tumulte occasionné
par cet événement inattendu , un
cavaliér, poussant son cheval à toute
bride, perce, écarte la foule, il se pre-
cipite dans la prison. « Arrêtez , bar-
» bares , s'écrie-t-il , la hache ne doit
» point le frapper. C'est mon fils ! le
» comte Adolphin d'Eisendorf que
» vous voulez immoler, l'Empereur le
» reclame, le sénat l'ordonne ; rendez-
» le moi. »

Oui, malheureux père , on va te
le rendre ce fils chéri, mais tu ne liras
pas sur sa figure l'expression de la

joie et de la reconnaissance ; elle est froide, pâle, immobile : c'est le masque hideux de la mort. Le pasteur et la baronne sont accourus ; ce n'est qu'avec la plus grande peine qu'ils empêchent le comte d'imiter son noble fils, et de se donner la mort. Cet infortuné père est saisi par des hommes vigoureux, il est porté dans son hôtel, sa raison semble égarée comme celle de sa malheureuse épouse. Cet hôtel est devenu l'asile du désespoir, de la douleur et de la mort ; le pasteur Gutman conserve seul un calme et un sang - froid qu'il ne doit sans doute qu'à sa profonde piété.

Par ses ordres, une vaste salle est tendue de noir, un lit de satin de même couleur y est élevé, le corps du jeune capitaine est déposé sur ce lit.

Le peuple, qui entoure la maison, stupéfait des événemens extraordinaires dont il vient d'être témoin, et de ceux plus extraordinaires encore que l'on raconte sur la naissance et la vie du jeune homme, les répète et les commente de mille manières différentes, reçoit les aumônes abondantes qui lui sont distribuées par le bon pasteur, sent convertir en un moment sa fureur en pitié, et se retire en versant des larmes sincères sur le sort d'une noble famille si cruellement persécutée par la fortune.

~~~~~~~~~~~~~~~~~~~~~~~~~~~~~~~~~~~~~

CHAPITRE XVIII ET DERNIER.

Conclusion inattendue.

LE comte avait mis la plus grande diligence dans son voyage d'Allemagne ; il avait eu le bonheur de rencontrer à Vienne le duc régnant de Wurtemberg. Le récit de ses malheurs, de ceux de son fils, et la manière pathétique avec laquelle il les raconta , avait touché ce bon prince. Conduit par lui, il était allé, suivant son projet, embrasser les genoux de l'Empereur, qui lui avait accordé au delà de ses espérances. « Le bandit, nommé » Tonnerre, avait dit ce monarque au malheureux père, « n'existe plus, » je ne connais que le jeune Adolphin,

» fils du comte Adolphe, petit-fils
» du comte d'Eisendorf, qui m'a servi
» avec honneur ; j'ordonne au Sénat
» de Venise, sous peine de mériter
» mon indignation, que ce jeune
» homme soit remis entre les mains
» du gouverneur de la ville et forts de
» Trieste, qui m'en répondra sur sa
» tête. Et ce gouverneur de Trieste,
» c'est vous, Adolphe. Quand votre
» fils sera digne de moi, vous me le
» présenterez. »

Muni de l'ordre tout puissant de
l'Empereur, le nouveau gouverneur
n'avait pas perdu une minute, il n'était
resté à Vienne que le temps nécessaire
pour faire sceller ses lettres à la chancellerie, et était reparti pour Venise
en courrier sans se reposer un seul
moment.

Après tant de soins , de fatigues et de peines, quel coup fatal pour ce bon père, que d'arriver justement pour recevoir le cadavre de son fils ! Il avait résolu de ne pas lui survivre et de terminer à la fois ses malheurs et son existence. C'était dans la nuit du dix-neuvième jour, depuis son départ, qu'il formait cette funeste résolution. Accablé de fatigue , il s'était endormi un moment à la pointe du jour, le pasteur et la baronne avaient quitté sa chambre ; il se réveille , se voit seul, saisit la fiole funeste qu'il a gardé sur son cœur; il l'ouvre, il est prêt à la porter à ses lèvres , quand Gutman rentre dans l'appartement. « Que vas-tu faire ? lui crie le pas- » teur. — M'affranchir de la vie. — » Qui t'en a donné le droit? — Le

» malheur. — Le ciel te le refuse.
» — Le ciel fut injuste envers moi,
» je puis désobéir à sa volonté. —
» Tu veux donc mériter sa colère ?
» — Ne m'en a-t-il pas accablé
» avant que je la méritasse. — Faible
» mortel ! tu oses sonder les décrets
» du Tout-puissant ! tu oses te plain-
» dre ! Ne sais-tu pas qu'il peut ou-
» vrir ou fermer à son gré la source
» du bonheur ?—Il n'est plus en son
» pouvoir de me rendre mon fils. —
» Ton doute est un blasphême ; la
» même main qui t'a plongé dans
» l'abîme du malheur, peut encore
» t'en retirer.— Bon pasteur, ta piété
» t'égare. — Elle me dirige, elle
» m'éclaire. — Tes consolations sont
» inutiles.—Elles te sauveront malgré
» toi. — Laisse-moi mourir. — Non,

» le ciel l'ordonne , tu dois vivre ;
» époux fidèle, pour consoler une
» épouse infortunée, pour adoucir son
» malheur , la ramener peut-être à la
» raison , réparer ta faute, et embellir
» l'automne de sa vie , quand tu as
» couvert de deuil son printemps ;
» ami reconnaissant , pour chérir ce-
» lui qui t'a servi de père, qui a
» élevé ta jeunesse , dont tu es devenu
» l'enfant chéri ; chrétien raisonna-
» ble , parce que ton Dieu te défend
» le suicide , parce qu'il t'ordonne
» de supporter d'une âme égale les
» biens et les maux qu'il t'envoie ;
» père tendre, parce que ton devoir
» veut que tu consacres ta vie à ton
» fils , parce que ta sagesse doit effa-
» cer les erreurs de son adolescence ,
» et faire germer dans son âme les

» semences de la vertu. — O mon
» Dieu ! dit Adolphe, dans un profond
étonnement, « il a aussi perdu la rai-
» son ! Que je suis puni cruellement
» de la seule faute que j'ai commise !
» — Tu te trompes, Adolphe, je jouis
» de la plénitude de la raison que
» l'auteur de mon être m'a accordée,
reprend Gutman avec un sourire
céleste ; « je te le répète, mon enfant,
» un Dieu juste t'a puni, un Dieu de
» miséricorde te pardonne, il te rend
» ton fils, il n'est pas mort. — Il
» vivrait ! par quel prodige ! qui a pu
» sauver mon fils ? — L'amitié. J'avais
» prévu quelque projet sinistre, ta
» figure m'annonçait une catastrophe
» que je voulais éviter. J'épiai tous
» tes mouvemens, je suivis tes pas,
» j'entrai après toi chez le père An-

» gelo, pharmacien du couvent de
» *Santa - Maria*, auquel tu venais de
» t'adresser; ce bon religieux accueil-
» lit mes observations, et, par mon
» avis, te remit le lendemain une
» phiole contenant un profond mais
» innocent soporifique, au lieu du
» poison que tu lui avais demandé.
» — Tout est éclairci, dit Adolphe,
en l'interrompant avec un transport
de joie; « je vais revoir mon fils,
» l'embrasser, l'offrir à sa mère! —
» Homme pusillanime, ne peux-tu
» supporter ni le plaisir ni la douleur?
» Tu ne verras pas encore ton fils;
» j'ai craint le caractère changeant du
» peuple de Venise, j'ai voulu l'éloi-
» gner de cette ville. Ton fils, conduit
» par le père Angelo, a été embarqué,
» sans avoir encore repris ses sens,

sur

» sur un vaisseau qui a fait voile de
» suite pour Trieste : l'Empereur t'a
» confié le commandement de cette
» ville. Venez, monsieur le Gouver-
» neur, à votre nouveau poste ; vous
» y trouverez votre fils Adolphin sain
» et sauf, je joindrai ma vieille expé-
» rience à vos lumières pour en faire
» un sujet digne du monarque qui
» l'honore de sa protection ; le sage
» et savant Angelo emploira toutes les
» ressources de son art pour guérir
» la raison malade de notre Ernestine,
» j'ai la douce espérance, qu'aidé de
» la nature et de l'amour, il réus-
» sira , et nous goûterons tous enfin
» un bonheur pur. — Qui sera vo-
» tre ouvrage , ô mon père. — Ne
» sera-t-il pas aussi ma récom-
» pense ? »

III.   12

Adolphe tomba dans les bras du bon Gutman, et versa dans son sein un torrent de larmes, dont la douce effusion soulagea son pauvre cœur.

Je n'ai pas besoin d'ajouter que le comte s'empressa de se rendre à Trieste avec le pasteur, la baronne et son Ernestine, et qu'il y trouva son fils, sauvé par les soins du généreux père Angelo. Je dirai seulement que Rosberg et Julia suivirent cette heureuse famille, qu'ils ne tardèrent pas à être unis, et qu'après quelques mois passés sous la direction du bon religieux de *Santa Maria*, Ernestine retrouva la raison et le bonheur.

Je termine ici ma narration.

Tonnerre de Dieu n'existe plus; s'il a intéressé un moment mes lecteurs, et surtout mes aimables lectrices, malgré le titre bannal et rebutant de bandit, peut-être que les nouvelles aventures d'Adolphin pourront un jour plaire davantage à cette aimable moitié de la société, aux plaisirs de laquelle je me fais gloire de dévouer ma faible plume. Rappelons-nous qu'il n'a vu encore que son dix-septième printemps; qu'il sera jeté dans le monde de bonne heure; que du conflict des principes nouveaux qu'il va recevoir, et de ses principes anciens, adoucis par l'éducation, il peut résulter un mélange singulier qui lui donnera une physionomie originale, en amenant peut-être des événemens neufs et extraordinaires.

Cependant, je l'avoue de bonne foi, je ne me permettrai pas de continuer

le rôle de son historien, à moins
que le public éclairé ne daigne m'en-
courager, et me force en quelque
sorte à mieux faire, en accueillant
avec indulgence cette première es-
quisse.

FIN.

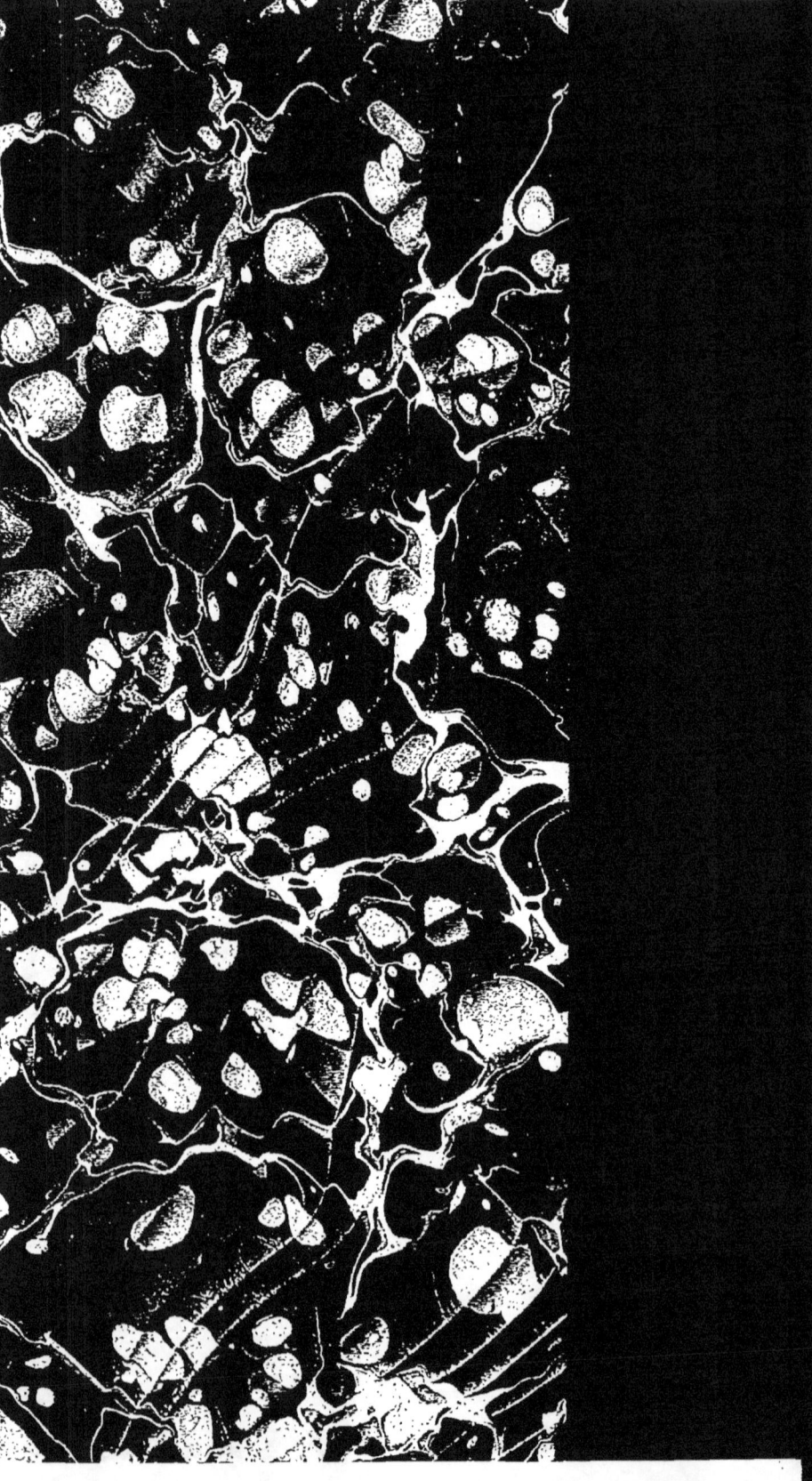